나의 **오타쿠** 삶

정해나 에세이

낮은산

차례

대부분의 사람은 어떻게 좋은 이야기를 읽어도 금방 여운에서 빠져나와 자기 삶에 충실할 수 있을까? 어떻게 사랑에 빠졌을 때 공부에 집중하고, 둑이 터지는 것처럼 그 대상에 대해 말하는 일을 멈출 수 있단 말인가? 일단 나는 그렇게 살지 못했다. 이 문장을 왜 과거형으로 썼지? 지금도 그렇게 살지 못한다.

기억하는 한 나는 평생 '오타쿠'로 살아왔다. 팬이나 마니아라고 할 수도 있지만 어쩐지 오타쿠라는 단어로 자신을 설명하는 게 적확하다고 느낀다. 사랑하는 작품이 생기면 열광하는 데서 그치지 않고 그것과 내 인생을 연관 지으려는 습성이 있어서일까. 팬픽션이나 팬아트를 만드는 것은 물론이고, 혼자 가는 여행 계획을 세울 땐 꼭 '성지순례'를 포함시킨다. 원작에서 보여 주지 않은 모습은 내가 그려서라도 보고 싶고, 내가 좋아하는 서사를 담은 장소라야만 여행을 가는 의미가 있는 것 같다.

일종의 오타쿠 사춘기라고 할까, 한때는 오타쿠인 내가 부끄러워 '일코(일반인 코스프레)'를 하려 하기도 했다.(우습게도 오타쿠는 '진짜 예술가'가 될 수 없을 것 같아서 그랬다. 나는 진지했다!) 내가 좋아하는 것들을 숨긴 채 멋진 '일반인'들은 뭘 하고 사는지 기웃거렸다. 그러나 곧 깨달았다. 다이어리를 꾸미든지(최애 연극 개막일을 표시하자.), 인디 밴드의 음악을 듣든지(이 가사는 꼭 ○○의 인생 같아.), 예쁜 옷을 사 입든지(이 스타일로 입는 ○○를 보고 싶네.) 무슨 일을 하든지 간에 나는 오타쿠 기질을 버릴 수 없다는 것을.

이젠 사람들에게 나를 오타쿠라고 소개하는 것에 거리낌이 없다. 뻥이다. 초면에는 좀 그렇고, 조금 가까워진 사람들에게만 털어놓는다. 아무튼 나와 친해지려면 내가 오타쿠인 것을 알아야 한다. 오타쿠는 나를 표현하는 정체성이 되었다. 이것을 인정하게 된 때는, 좋아하는 것을 마음에 쌓아 두는 건 곧 나를 사랑하는 일이기도 하다는 걸 깨달은 후다.

덕질은 대부분 짝사랑에 가깝다. 픽션을 아무리 사랑해도 그 세계로 들어갈 수 없고, 좋아하는 연예인을 일대일로 만날 일은 일평생 요원하다. 하지만 내가 찾아 헤매는 줄도 몰랐던 이야기, 내 마음을 그대로 표현한 듯한 노래를 처음 들은 순간, 나 아닌 다른 누군가를 마음 깊이 사랑한 시절들은 두고두고 일상의 절벽에서 내게 손 내밀어 준다. 나는 그 손을 잡고 나서야 나 자신을 다시 발견하고, 스스로 더 알아 가고, 현실을 살아갈 힘을 얻는다. 이런 짝사랑이라면 할 만하다는 게 내 지론이다.

돈을 버는 사회인이 되어서 좋은 점 중 하나는 어릴 때처럼 덕질에 자원을 아끼지 않아도 된다는 거다. 일을 좀 더 많이 하면 연극을 한 편 볼 수 있는 지금의 생활이 만족스럽다. 30대인 지금도, 앞으로도 오타쿠로서 사랑하는 것들을 마음 다해 사랑하고 싶기 때문에 '10대 때만큼 강렬하게 사랑할 수는 없었다.'는 뻔한 이야기는 하고 싶지 않다.

다만 청소년기부터의 덕질 경험이 나의 많은 부분을 이루고 있다는 것만큼은 사실이다. 그때 소설과 만화와 영화와 음악과 지독한 짝사랑에 빠지지 않고, 책을 덮는 순간이나 엔딩 크레딧이 올라가는 순간의 이별을 겪지 않았더라면 나는 지금과 아주 다른 사람으로 자랐을 것이다.

물론 우리 오타쿠는 가끔 눈치를 챙길 필요가 있다. 아무도 궁금해하지 않는 이야기를 늘어놓다 보면 사람들과 어색해지기도 한다. 어떨 때는 '일코'를 할 줄도 아는 편이 좋다. '현생'도 당연히 살아야 한다! 그렇지만 덕질을 하는 인생이 가짜이거나, 언젠가 떠나보내야 할 어릴 때의 한철인 것은 아니다. 우리는 환상 속에서 진짜로 살아갈 길과 해야 할 사랑을 찾아내는 사람들이니까. 바로 그 이야기를 지금 무언가와 사랑에 빠져 있을 오타쿠 동지들과 나누고 싶다.

나의 사회 선생님

나의 첫 여자 사랑은 중학교 2학년 사회 과목 담당 선생님이었다. 훤칠한 키와 경상도 억양의 쩌렁쩌렁한 목청, 커트 머리를 하고 절대로 치마를 입는 법이 없었던 멋진 선생님. 나는 첫눈에 반해 버렸다.

앗, 덕질 얘기를 하겠다더니 갑자기 진짜 짝사랑 얘기? 혹시 연애 감정과 덕질을 구분 못 하는 초짜 오타쿠의 글인가? 걱정할 필요 없다. 나는 선생님을 짝사랑하는 동시에 덕질했으니까. 말하자면 선생님은 나의 아이돌이었다.

초등학교 고학년 때부터 공부와 담을 쌓았던 나는 갑작스레 사회 교과서와 친해졌다. 세계사라는

게 원래 이렇게 재밌는 거였나? 아우구스투스니 안
토니우스니 어려운 이름을 외우는 것도 신나기만
했다. 사회 공부가 정말 즐겁게 느껴지기도 했지만,
시험이 끝나면 선생님이 직접 점수표를 들고 들어
와 학생들에게 사인을 받는다는 것이 나의 열정에
불을 붙였다. 선생님을 마주 보고 평소 같은 처참한
성적을 내보일 수는 없었다.

시험 기간 2주 전에 끊은 독서실에서도 다른 과목
문제집은 던져두고 사회 노트 정리에만 열중한 결
과, 1학년 때보다 100등가량 오른 과목 석차를 선생
님 앞에 당당히 보여 드릴 수 있게 되었다. 중간고
사 이후 첫 사회 수업 시간. 이름을 부르면 한 명씩
나와서 점수를 확인하고 사인하라는 선생님 말씀을
들으며 뿌듯한 표정을 숨기지 않고 앉아 있는데, 갑
자기 수학 선생님이 들어와서는 사회 선생님에게
종이 한 장을 건네는 것이 아닌가.

"선생님, 죄송한데 수학도 애들 사인 좀 받아 주

실 수 있을까요?"

아뿔싸, 이게 무슨 일이람. 사회 점수만 신경 쓴 터라 수학은 가채점조차 하지 않았는데. 도대체 몇 점이 나왔을까? 선생님이 내 이름을 불렀다. 조마조마한 마음으로 교탁에 다가가 내 점수를 확인했다. 사회 92점, 수학…… 30점. 고개를 푹 숙이고 사인을 하는데 선생님의 나지막한 목소리가 들렸다.

"너…… 수학은 점수가 왜 이 모양이냐?"

애꿎은 수학 선생님이 미워지는 순간이었다.

한편, 자작 캐릭터와 만화를 그리던 연습장에는 선생님을 그린 캐리커처가 늘어났다. 학교 축제 때는 선생님을 그려서 출력하고 코팅한 다음 열쇠고리처럼 군번줄을 달아서(전문 오타쿠 용어로 '코팅택'이라고 한다.) 학생들에게 판매하기도 했다. 사회 선생님 그림만 있으면 사람들이 이상하게 생각할까 봐 다른 과목 선생님들도 억지로 끼워 넣어야 했지만 말이다. 누가 학교 선생님 팬아트를 구매할까 싶겠지만, 주인공인 선생님들은 물론이고 의외로 학생들에게도 반응이 좋았다.

여기까진 귀여운 수준이다. 이제부터 조금 무서워진다. 나는 시간표에 사회 과목이 없는 날에는 출근하는 선생님을 보기 위해 일찍 등교해 교문 주변에서 서성거렸고, 쉬는 시간에는 늘 복도에 나가 교무실 근처를 기웃거렸다. 선생님을 마주치면 인사만 겨우 하거나 말도 못 걸고 도망쳤으면서도 그랬다.

싸이월드에 선생님 이름을 검색해서 미니홈피도 찾아냈다. 선생님의 미니홈피는 몇 년 전에 업데이트가 멈춰 있었는데 거기서 나는 선생님이 롱스커트를 입고 있는 아주 희귀한 사진을 발견해 냈다. 차라리 일촌 신청을 할 것이지, 매일 검색으로 미니홈피를 들락거리며 선생님이 일기나 사진을 올리지 않았는지 확인하곤 했지만, 새 글은 영영 올라오지 않았다. 친구들은 나를 '사회 스토커'라며 놀렸다.

스승의 날에는 평범한 카네이션보다 인상적인 선물을 하고 싶어서 캔버스 가방 위에 섬유 전용 물감으로 그림을 그려서 드렸는데, 근사한 작품이 아니라 아주 엉망진창인 그림이었다. 한번은 직접 만든 쿠키도 갖다 바쳤다. 다만 반죽이 문제였는지 오븐을 잘못 다룬 것인지 애니메이션 〈패트와 매트〉에 나오는 시멘트 쿠키처럼 단단해졌다. 지금 생각하면 그 정도로 망했으면 드리지 않는 편이 나았을 텐데, 나는 선생님과 사랑에 빠진 만큼 사랑에 빠진 자신에게도 몰입해 있어서 선생님이 나의 정성을 알아주길 바라는 미성숙한 마음을 가지고 있었던 것 같다.

다행히 선생님은 선물의 퀄리티에 대해서 언급하진 않으셨지만, 교직 생활을 하며 이런 학생은 처음 만나는 듯 선물을 받는 것 자체를 무척 어색해하셨다. 그래도 평소에는 나의 짝사랑을 그러려니 하고 넘어갔고 내가 용기 내서 인사를 하면 쿨하게 "그래 안녕." 하고 대답해 주셨다. 딱 한 번, '별 웃기는 애가 다 있다.'는 표정으로 피식 웃으며 "너 왜 이렇게 나를 좋아하냐?" 하고 물으셨는데, 그 모습과 대사가 너무 멋있어서 나는 그저 얼굴을 붉히고 말았다.

선생님 덕질은 졸업과 함께 끝날 수밖에 없었다. 3학년 때는 입시 준비를 하느라 매일 교무실 앞에서 대기하지도 못했는데. 심지어 가고 싶던 학교는 떨어지고, 집 근처 인문계 학교에 입학할 운명이었다. 원치도 않는 고등학교에 가야 한다는 이유로 선생님을 더는 볼 수 없다니, 학기 말이 다가올수록 내 마음은 먹구름으로 가득 찼다. "유급하고 싶다." 는 무서운 소리를 입버릇처럼 달고 다녔다.

반면 내 마음속에서 그제야 스멀스멀 피어오르는 걱정거리가 있었다. 선생님께 내가 안 좋은 기억으로 남으면 어떡하지? 선생님이 나를 스토커처럼 생각하고 있다면? 남학생도 아니고 여학생이 자기한 테 반해서 쫓아다닌 게 무서우셨다면? 어쩌면 내가 졸업해서 다행이라고 생각하고 계신 건 아닐까?

종업식 날, 선생님께 마지막 인사를 드리러 교무실에 들렀다. 그런데 뜻밖에 선생님이 책 한 권을 건네시는 게 아닌가. 이해인 수녀님의 시집 안에는 선생님이 쓴 편지가 담긴 엽서 한 장이 있었다. 나는 너무 놀라서 준비한 말 따위는 다 까먹고, 허둥지둥 인사를 한 뒤 교무실을 빠져나와 소리 없이 비명을 질렀다. 편지는 그동안 고마웠고, 더 이야기 나누지 못해 아쉬우며 고등학교 생활을 잘하길 바란다는 내용이었다. 학교에서 우는 거 제일 싫은데, 나는 도리 없이 눈물을 흘릴 수밖에 없었다. 흐느끼는 내 어깨를 토닥이며 친구들은 중얼거렸다.

"정해나 성공했네……."

첫사랑의 강렬한 기억으로 나도 어른이 된 후에

사회 관련 일을 하고 있었다면 이야기의 결말이 멋스러웠을 테지만, 현실에선 선생님의 담당 학년을 벗어난 후부터 사회 수업 시간은 즉시 낮잠 타임으로 전락하고 말았고, 나는 그냥 만화가로 자라났다.

하지만 그 당시의 선생님보다 더 나이를 먹은 나는 아직도 인터넷 웹사이트에 가입할 때 '비밀번호 찾기 질문'에 '가장 기억에 남는 선생님은?' 항목이 있으면 사회 선생님 이름을 타자 쳐 넣고, 이제는 서비스하지 않는 싸이월드 미니홈피를 그리워한다. 언젠가 선생님을 다시 뵙게 된다면 사회 과목 시험 점수처럼 자랑할 것은 더 이상 없지만, 이 마지막 러브레터를 보여 드릴 작정이다.

50년 동안 '연재 중'인
인생 만화

어느 날 친언니가 친구 집에서 빌려 온 것은 어떻게 봐도 옛날 만화 티가 폴폴 나는 촌스러운 그림체의 만화책이었다. 주인공의 눈은 심하게 반짝거리고, 입이 너무 작은 것이 세련되지 못해 보였다. 게다가 순정 만화인데 남주인공은 느끼하게 생겼고 나이도 많다. 별로 내키지 않았지만, 언니가 "진짜 진짜 재밌다."고 몇 번이나 극찬을 하는 통에 마지못해 《유리가면》1권을 펼쳐 보았다.

거기에는 그야말로 별세계가 있었다. 10여 년을 살면서 그렇게 재미있는 만화는 처음이었다.(놀랍게도 이 기록은 30여 년을 산 지금까지 깨지지 않고 있다!)

연극배우가 되고 싶은, 평범해 보이지만 사실 천

재적인 재능을 가진 소녀 기타지마 마야와 그의 라이벌 히메가와 아유미가 '홍천녀'라는 환상의 배역을 연기하기 위해 고군분투하는 내용인 《유리가면》은 엄청난 흡인력의 연출로 한번 잡으면 도저히 내려놓을 수가 없는 작품이었다. 책을 50쪽쯤 넘길 때 이미 마야의 반짝이 눈은 전혀 거슬리지 않았고 작중 최고 미인인 아유미는 내 눈에도 세상에서 제일 예쁜 배우로 보였다. 언니 친구가 빌려준 것은 앞부분 몇 권밖에 되지 않았고, 집 근처 만화 대여점 주인아주머니는 만화책을 한 번에 세 권까지만 빌릴 수 있도록 규칙을 세워 놨기 때문에 나는 그날 하루에만 몇 번이나 대여점을 오가며 《유리가면》을 독파했다. 누군가가 나에게 '인생 만화'가 무엇이냐 물으면 나는 아직도 주저 없이 《유리가면》을 꼽는다.

《유리가면》은 연극이 소재인 만큼 수많은 극중극

이 등장한다. 원작이 있는 작품도 있지만, 작가 미우치 스즈에가 창작한 연극도 여럿 선보인다. 악역의 음모로 연예계에서 퇴출당한 마야가 학교 체육 창고에서 선보이는 〈여해적 비앙카〉와 〈지나가는 비〉, 자연에서 자란 야성의 늑대 소녀를 연기해야 하는 〈잊혀진 황야〉 등의 오리지널 작품과 〈작은 아씨들〉, 〈폭풍의 언덕〉, 〈한여름 밤의 꿈〉과 같은 고전까지…… 《유리가면》이라는 큰 틀 안에서 접할 수 있는 이야기들이 너무나 풍성해 재미있는 서사를 찾아 헤매는 독자라면 보물창고와도 같은 만화다.

그중 창작극 〈두 사람의 왕녀〉는 《유리가면》 팬들 사이에서 단연 최고의 에피소드로 꼽힌다. 이 에피소드는 오디션 장면부터 전설로 남을 만하다. 〈독〉이라는 독백 대본을 받고 누구도 생각지 못한 팬터마임 1인극을 선보이는 마야는 그 천재성을 독자들 뇌리에 깊이 새긴다. 이어지는 〈두 사람의 왕녀〉 본편은 전에 없던 스케일의 대서사시인 데다,

작중에서 미스캐스팅이라고 할 정도로 안 어울리는 배역을 받은 마야와 아유미가 시행착오를 거치며 자기만의 알디스와 오리겔드를 만들어 가는 과정이 소름 끼칠 정도로 재밌다.

작품 초반에 나오는 〈키 재 보기〉 에피소드에서는 연극 대회에서 아유미와 같은 역할로 경쟁해야 하는 상황에 처한 마야가 우연히 아유미의 리허설을 보고 그의 실력에 압도당해 연기를 포기하겠다고 선언하는 장면이 있다. 마야의 스승인 츠기카게 선생님(이 인물은 사실 문제가 많은, 범죄자에 가까운 사람이지만 어쨌든 작품에서는 마야의 멘토이다.)은 마야를 창고에 가두고(이것 보시오.) 대회 때까지 나오지 말라고 한다. 처음엔 절망에 빠져 있던 마야는 곧 창고 생활이 심심해졌고 결국 〈키 재 보기〉 대본을 다시 읽기 시작한다. 주인공 '미도리'의 대사를 읊다가 작은 표정이나 억양, 행동의 변화로 같은 인물을 완전히 다르게 연기할 수 있다는 것을 깨달았을 때 츠기카게 선생님이 나타난다. 선생님은 마야에게 같은 대사를 '조금 화가 난 듯이', '놀리는 듯이', '곤란한 듯이' 다시 해 보라고 요구한다.

그 장면을 읽을 때 나는 페이지를 넘기던 손을 멈추고 마야의 대사를 소리 내 따라 했다.

(조금 화가 난 듯이) "봐, 또 금방 화를 내잖아!"

(놀리는 듯이) "봐! 또 금방 화를 내잖아?"

(곤란한 듯이) "봐, 또 금방 화를 내잖아……."

과연, 표현에 따라 미도리의 성격이 달리 보이는 듯했다! 아유미의 '완벽한 미도리'에 대항하는 '마야만의 미도리'처럼, 나도 나만의 미도리를 연기할 수 있을 것만 같았다. 나는 츠기카게 선생님의 대사도, 아유미가 연기하는 미도리의 대사도 성우가 애니메이션을 더빙하듯 소리 내 읽기 시작했다. 그다음 연극인 〈지나와 다섯 개의 푸른 항아리〉도, 그다음 연극인 〈고성의 사랑〉의 몇 없는 대사도. 그 자체가 수십 편의 연극을 담고 있는 만화 《유리가면》을 소리 내 읽는 경험은 너무나 재밌었다.

가족들이 다 외출해 나밖에 없는 집에서 홀로 《유리가면》을 더빙하는 것은 새로운 취미 생활이 되었다. 나는 매기, 조, 베스와 에이미였고, 비앙카였고, 카밀라였고, 아유미처럼 왕자와 거지를 1인 2역 했으며 알디스와 오리겔드였고, 물론 마야와 아유미이기도 했다. 객석은 텅 비어 있었고 박수를 쳐 주는 이도 없었지만, 오히려 그래서 나는 나의 유리가면, 나의 1인극이 좋았다.

그렇게 연기에 눈을 뜬 나는 훗날 대학에 가서 비전공자가 들을 수 있는 연극 수업을 모조리 수강했다. 연극의 이해, 뮤지컬 개론, 연극사, 실험 연극의 발전, 무대연출, 연출 실습, 연기 실습, 공연 실습……. 연극 공부는 내 전공보다 훨씬 즐거웠다.

중간에 진지하게 연극연출과로 전과할까 고민까지 했지만 나를 가로막은 거대한 벽이 있었으니, 연극은 공동 작업의 장이라는 점이었다. 연출, 극작, 배우 그 어떤 역할을 맡아도 사람들을 만나야 했다. 연습 때부터 공연을 올릴 때까지 몇 달은 거의 단체 생활을 해야 하는 것이다. 나 홀로 북 치고 장구 치던 방구석 무대와는 차원이 달랐고, 혼자 집에서 작업할 수 있다는 이유로 만화를 전공으로 택한 나로서는 엄두가 나지 않는 세상이었다. 결국 나는 연극을 직접 하는 대신 일 년에 100편씩 공연을 보는 연극광이 되고 만다. 워낙에 내성적인 성격 탓에 배우나 성우가 아니라 관객으로 나의 커리어는 막을 내린다.

아니, 사실은 막을 내리지 않았다. 나는 만화를 그릴 때면 다시 칸 안의 배우, 말풍선 안의 성우로 돌아간다. 내 만화에 나오는 모든 인물들을 연기해 보고, 인물들이 '발 연기'를 할 때면 츠기카게 선생님처럼 스스로에게 호통을 치며 표정과 대사를 지우고 다시 그린다. 너, 이렇게 연기해서 독자들이 네 이야기를 진짜라고 믿겠어? 좀 더 실감 나게, 과장은 하지 말고! 오열과 폭소는 배우가 아니라 독자의 몫이야!

지금 내가 《유리가면》의 극중극 중 가장 좋아하는 에피소드는 〈돌의 미소〉 편이다. 마야가 다양한 연극에 출연하는 사이 연륜 있는 연극인들은 무대 광풍이라 불리는 마야의 문제점을 깨닫는다. 바로 마야의 연기가 너무 튀고 다른 배우들과 앙상블을 이루지 못한다는 점이다. 마야는 전형적인 '씬스틸러'로, 이 말은 언뜻 칭찬 같아 보이지만 배우가 '장면을 훔쳐 버리면' 연출자의 의도와는 대치될 수 있다. 하여 츠기카게 선생님은 마야에게 대사나 움직임, 감정 표현, 심지어 눈 깜빡임조차 할 수 없는 전대미문의 인형 연기를 시킨다. 마야는 인형 엘리자베스를 연기하며 비로소 타인과의 조화, '작품'을 위해 '나'를 죽이는 연기를 배운다.

일터에서 사람들 만나기가 싫어 연극의 길을 포기한 내가 사람들과 섞이는 법을 배우는 에피소드를 가장 좋아하다니 아이러니하지만 작가로서, 또 연극 마니아로서 정말이지 마음에 사무치는 내용이다. 만화에서도 똑같다. 특정 인물만이 너무 많은 것을 보여 주면 전체적인 이야기의 밸런스가 무너진다. 아무리 주인공이라도 주변 캐릭터와 잘 어우러져야 한다, 마치 사회 속에 살아가는 우리들처럼 말이다.

연극에서 배우들의 앙상블은 더더욱 중요하다! 어떤 배우들은 인물의 감정을 표현한답시고 대본에 없는 대사를 치고, 무대 위에서 다른 배우나 스태프들과 합의되지 않은 돌발 행동을 해 버린다. 연극은 연습 때 만든 약속을 매 공연 지키는 예술이기 때문에 절대 있어서는 안 될 일이다. 때에 따라 적절하거나 재치 있는 애드리브도 있긴 있다. 하지만 혼자 튀려는 욕심이 드글드글한 애드리브는 정말 최악이다!(관객은 그 둘을 구분할 수 있다.)《유리가면》내용 중에 굳이 흠을 잡으라면 마야가 〈돌의 미소〉를 겪었으면서도 이따금 자신의 연기 세계에 지나치게 푹 빠진 나머지 자기가 출연하는 작품의 연출을 완전히 없는 셈 쳐 버린다는 점이다. 극작가와 연출가를 무시하는 마야의 이런 비매너 행동은《유리가면》이 만화이기 때문에 허용되는 것이다. 그래도 한번은 말해 주고 싶다. 마야야! 대본대로 해라.

마야와 아유미의 최종 목표인 〈홍천녀〉는 사실 독자들에게 인기가 떨어지는 편이다. 두 사람은 인간이 아니라 '매화나무'를 연기해야 하는데 그 연구 중에 나오는 '우주와 하나가 된다.'는 식의 연기 철학이 뜬구름 잡는 소리처럼 들리고 이야기 자체도

〈두 사람의 왕녀〉에 비해서 큰 재미가 없다. 나도 연극을 본격적으로 보기 전에는 〈홍천녀〉를 좋아하지 않았다. 그런데 연극 관객이 되고 나서 〈홍천녀〉 에피소드를 읽자 생각이 달라졌다. 〈홍천녀〉가 관객에게 주고자 하는 것은 서사적 재미가 아니라 일종의 체험일 거라고. 무대예술은 원래 관객으로 하여금 아무것도 없는 검은색 극장을 아름다운 숲이라고, 조명 아래 서 있는 배우를 허난설헌이나 잔다르크라고 믿게 만드는 것이다. 어떤 배우가 무대 위에서 진짜로 '매화나무의 신'처럼 보인다면 나는 티켓을 훔쳐서라도 그 공연이 보고 싶다.

이 글로 《유리가면》을 처음 접한 분들께 고백할 것이 있다. 《유리가면》은 그 재미로도 유명하지만, 1976년부터 연재된 만화가 현재까지도(2025년) 완결이 나지 않았다는 점에서 악명 높다. 마야도 아유미도 아직 '홍천녀'가 되지 못했고 연재는 중단 상태이다. 솔직히 미완결, 그것도 연재 중단작을 추천하는 것은 오타쿠 도의에 어긋나는 행동인지도 모른다. 하지만 나라면 완결될 때까지 《유리가면》을 모르는 삶보다는 미완결 《유리가면》을 아는 삶을 택할거다.

이 글을 쓰기 전에 《유리가면》을 복습하려다가, 마야가 인생 처음으로 보게 되는 연극 〈춘희〉의 대사를 또 소리 내서 읽고 말았다.

"다음에 언제 뵐 수 있을까요?"

"이 동백꽃이 시들었을 때……."

다른 사람들과 어울릴 필요 없는 나만의 1인극 무대는 당분간 이어질 것 같다. 정말 재미있으니 여러분도 한번 도전해 보시길. 그리고 나와 함께 《유리가면》 완결을 기다리자.

예천문화회관
진상 관객 사건

연극 만화 《유리가면》에 심취한 것은 초등학교 때부터지만, 본격적으로 연극을 보기 시작한 것은 그보다 한참 늦은 대학교 1학년 여름방학이었다. 당시 문창과에 재학 중이던 친구 신효진이 세상 재밌는 작품을 발견했다며 나를 서울의 대학로로 이끌었다.(효진은 극작가가 되었다.) 자그마한 극장에 책걸상 네 벌, 배우 네 명만으로 이루어진 연극 〈모범생들〉은 그날로 내가 만화 속 연극뿐 아니라 실제로 객석에 앉아 2시간 동안 살아 움직이는 대본을 보는 행위를 사랑하도록 만들어 주었다.

티켓값을 위해 밥을 굶고 방학 과제들을 제쳐 두며 2012년 7월을 내내 〈모범생들〉에 빠져 살았다.

공연이 끝나면 배우들에게 사인도 받고, 각종 이벤트에 참여했으며 내가 사랑하는 것이 생기면 항상 그렇듯 팬아트를 그려 바쳤다. 당시 사용하던 SNS인 페이스북에서 배우와 맞팔로우가 되기도 했다.(지금은 배우들이 관객과 '맞팔'을 해 주는 시절이 아니지만 당시에는 비일비재하던 일이다.)

아니, 그런데 연극에는 막공(마지막 공연)이라는 것이 있는 게 아닌가. 만화책은 다 읽고 나면 책꽂이에 꽂아 놓을 수 있고, 영화는 극장에서 내려도 DVD가 나오는데 연극이 끝난다는 것은 정말로 끝난다는 것을 의미했다. 재공연을 하기도 하지만, 어떤 작품들은 판권 만료 등의 이유로 다시는 볼 수 없게 된다. 하필 내가 〈모범생들〉을 알게 되었을 때는 막공을 3주가량 앞둔 시기였다. 이제 막 시작한 덕질이 강제로 종말을 맞이한다는 사실에 절망하는 나에게 희소식이 날아들었다. 바로 '지방 공연'. 서울 공연을 마친 뒤 주말에 하루나 이틀씩, 수도권

외 지역 극장을 돌며 공연을 한다는 거였다. 눈이 번쩍 뜨이는 얘기였다. 그게 어디든 따라가리라!(이 결심을 나는 조금 후회하게 된다.)

    한 달 후 어느 목요일, 정신을 차려 보니 동서울 터미널발 예천행 버스를 타고 있었다. 사실 예천이라는 지명도 그때 처음 들었지만, 나 혼자 수도권 바깥으로 여행을 가는 것 자체가 처음이어서 〈모범생들〉을 다시 본다는 설렘보다 두려움이 앞섰다. 두려울 것이 무어냐 하면 예천에서 서울로 돌아오는 마지막 버스가 공연 시작 시각보다 먼저 끊긴다는 사실이었다. 생전 처음 가 보는 지역에서 얄짤없이 1박을 해야 하는 처지였다. 그러나 안 간다는 선택지는 없었다. 나는 오타쿠니까. 계획을 세웠다. 공연을 보고, 예천 버스 터미널 바로 앞에 있는 모텔에서 하룻밤 묵은 뒤 첫차를 타고 서울로 돌아와서 금요일 오후 수업에 출석하자고.

공연장은 예천문화회관이었는데 서울 공연장의 네 배는 될 법한 규모의 허허벌판 같은 무대였다. 그래도 객석에 앉으니 가슴이 두근거리기 시작했고, 암전이 되자 모텔에서의 숙박이 안전할지 따위 생각은 나지도 않았고, 사랑하는 연극을 한 달 만에 다시 보면서는 왕복 여섯 시간 거리지만 오길 잘했다는 마음뿐이었다.

연극이 끝나고 나오니 이미 밖은 어두웠다. 서울에 있는 효진에게 공연을 잘 봤다고 메시지를 보내니 "거기까지 갔는데 그냥 오면 아쉬우니 배우들 사인이라도 받아 와라."라는 답장이 왔다. 어차피 예천에서 숙박할 테니까 차 시간 때문에 서두를 필요도 없었고, 팔랑귀인 나는 "그럴까?" 하며 배우들이 극장에서 나오기를 기다리기 시작했다.(이 일을 나는 많이 후회하게 된다.)

깜깜한 예천문화회관 앞에 서 있던 나는 모든 관

객이 돌아가고 홀로 남자 슬슬 무서워지기 시작했다. 그냥 모텔로 갈까? 고민하던 찰나 어떤 여성 두 분이 나에게 다가왔다. 누굴 기다리냐는 물음에 나는 쭈뼛쭈뼛 대답했다.

"혹, 혹시 배우님들 사인 받을 수 있을까 하고요……."

"어디서 오셨어요?"

"저, 서울에서 왔는데……."

알고 보니 〈모범생들〉 스태프였던 두 분은 깜짝 놀라더니 나를 문화회관 뒤편 주차장으로 데려갔다. 거기엔 방금 무대에서 본 배우들과 다른 스태프들이 집에 갈 채비를 하고 있었다. 아, 이게 아닌데? 이 상황의 민망함을 깨닫는 순간 나는 이미 '서울에서 온 관객'으로 그들에게 소개되고 있었다.

누구보다 나를 반가워한 사람은 바로 〈모범생들〉을 연출한 김태형 연출가였다. 자기 공연의 열성팬, 그것도 같은 학교 후배를 만나게 된 김태형 연출은

기쁨을 숨기지 않으며 나에게 여기까지 와 줘서 고
맙다고 인사하고 배우 네 명에게 '어서 이분에게 사
인을 해 줘라.'라며 독촉했다. 서울에선 배우 한 명
앞에 관객 여러 명이 줄을 서서 사인을 받았는데,
예천문화회관 주차장에서는 관객 한 명 앞에 배우
네 명이 줄을 서서 사인해 주는 진풍경이 펼쳐졌다.
늘 주목받는 것을 힘겨워했던 나는 얼른 이 사람들
앞에서 사라지고 싶었다. 몇 번이나 꾸벅꾸벅 허리
를 숙이고 기어들어 가는 목소리로 감사를 표한 뒤
뒷걸음질 치기 시작하자 그들이 내게 물었다.

"서울에 어떻게 돌아가요?"

"저기서 하룻밤 자고 내일 첫차 타려고요……."

내가 터미널 앞 모텔을 가리키자 그들은 아연실
색하며 손을 내저었다.

"그러지 말고 우리 차 타요. 우리 지금 서울 가요."

나도 마찬가지로 펄쩍 뛰며 절대 그렇게 폐를 끼
칠 수 없다고 사양을 거듭했지만 〈모범생들〉팀은

강경했다. 그들은 너무나 좋은 어른들이었기 때문에 이제 막 스무 살이 된 작은 체구의 여학생을 혼자 낯선 지역 모텔에 두고 갈 수 없었던 것이다. 꼭 사생팬이 된 것만 같은 낯부끄럽고 죄송스러운 심정으로 나는 '명준' 역 박훈 배우가 모는 차에 타고 말았다.

〈모범생들〉팀은 분위기가 얼마나 좋은지, 공연을 끝내고 온 사람들이라기보다는 꼭 소풍을 다녀온 사람들 같았다. 김태형 연출은 차에 탄 사람들이 좋아하는 음악을 수집해서 라디오 DJ처럼 플레이리스트를 만들었고, 배우들과 스태프들은 웃으며 농담을 주고받았다. 중간중간 내가 어색해하지 않도록 말을 걸어 주는 것도 잊지 않았다.(물론 나는 어색해했다.)

"모범생들 서울에서 몇 번 봤어요?"

"여섯 번이요."

"볼 만큼 봤구만……."

차가 고속도로 휴게소에 들어섰다. 야식을 먹기

위해서였다. 나는 하루 종일 긴장감에 아무것도 먹지 못했지만, 우동을 한 그릇 사 주겠다는 배우들의 제안은 기를 쓰고 거절했다. 더 이상 신세를 지느니 배가 고픈 게 나을 것 같았다. 이 유쾌한 사람들은 식사를 마치고도 바로 출발하지 않고 휴게소 앞마당에서 동전 던지기, 참참참 등의 게임으로 아이스크림 내기를 했다. 나도 결국 '와쿠와크' 하나를 얻어먹고야 말았다.

손잡이를 돌려서 창문을 내려야 하는 오래된 자동차를 타고 몇 시간, 〈모범생들〉팀은 지칠 줄을 몰랐다. 끊임없이 수다를 떨고 노래를 불렀다. 슬슬 나도 즐거운 분위기에 적응하고 긴장이 풀어질 즈음 우리는 상월곡역을 지나갔다. 나를 학교 앞에 내려 주며 스태프와 배우들은 고맙다고 손을 흔들어 주었다. 정말 고마울 사람은 나인데 말이다.

새벽 3시경 기숙사에 들어와 침대에 누웠는데 방

금 일어난 일이 엄청나게 현실감 없게 느껴졌다. 다음 날 아침에 잠에서 깼을 때도 마찬가지였다. 내 정신을 번쩍 들게 한 것은 스마트폰에 뜬 페이스북 알람이었다. '김태형 님이 친구 요청을 보냈습니다.' 아이고, 연출님…….

  못내 부끄럽지만 돌이켜보면 혼자 묻어 두기엔 아까운 에피소드라 나는 유명한 만화가가 되기로 마음먹었다. 〈모범생들〉의 연출가와 배우들보다 유명해진 뒤에 이날의 이야기를 한다면 모두 내가 고의로 사생팬이 된 것이 아님을 믿어 주리라. 그러나 그 후 김태형 연출은 셀 수도 없는 히트작들로 한국에서 손에 꼽는 연극·뮤지컬 연출가가 되었고 박훈 배우는 영화 〈서울의 봄〉, 〈하얼빈〉 등에서 종횡무진 활약하고 있다. 내가 이들보다 유명해질 일은 없을 듯하여 그날로부터 13년여가 지난 지금 그냥 마음을 내려놓는다.

다시는 공연을 하지 않을까 봐 나를 노심초사하게 했던 〈모범생들〉은 그 뒤로 네 시즌이 더 올라왔고, 나는 또 밥을 굶으며 마흔 번을 더 보고 '완덕(할 만큼 하고 좋은 마음으로 덕질을 끝냄)'할 수 있었다. 하지만 예천에서의 그날 이후로 배우에게 사인을 받기 위해 기다리는 일은 다시는 없었다.

연극 오타쿠도
성지순례를 한다

〈모범생들〉을 통해 연극에 입덕한 나는 비교적 저렴한 값에 볼 수 있는 대학로 소극장 공연과 학교에서 학생들이 올리는 무료 공연 들에 감사하며 닥치는 대로 연극을 보기 시작했다. 처음에는 무슨 이야기든 무대 위에만 존재하면 대부분 재밌게 느껴졌다. 그렇지 않은 작품을 볼 때는 내 취향을 찾아가는 여정이라고 생각하면 견딜 만했다. 하지만 시간이 지날수록 더 재밌고, 더 새로운 연극을 보고 싶다는 갈증이 생겼다. 그때 〈모범생들〉 김태형 연출가의 신작이 개막한다는 소식을 들었다. "가르침과 배움, 그 희열을 논하다."라는 포스터 카피를 읽자마자 가슴이 설렜다. 이번에도 효진과 함께 〈히스토리 보이즈〉를 보러 종로 5가에 있는 두산아트센터 연강홀로 향했다.

〈히스토리 보이즈〉를 본 첫 감상은 이랬다; '무슨 말인지 모르겠다, 그런데 재밌어!' 그런 경험은 난생처음이었다. 명문 대학 옥스퍼드와 케임브리지를 목표로 입시를 준비하는 영국 고등학생들과 그 선생님들이 주인공인 이 연극에서는 생전 처음 들어보는 서양 문학가들과 영국 역사 속 이름들, 시와 옛날 영화 대사 따위가 빠른 속도로 끊임없이 흘러나왔다. 인물들이 하는 대사의 절반도 이해하지 못했다. 하지만 재밌었다! 둘이 양립할 수 있다는 사실이 놀라웠다.

작가 앨런 베넷이 인물을 쓰는 방식 역시 매력적이었다. 〈히스토리 보이즈〉의 거의 모든 인물은 자기가 한 말을 스스로 배반하는 행동을 한다. 교사가 매우 비도덕적인 행위를 거리낌 없이 저지르기도 하고, 학생들은 교사를 비웃는다. 학교를 배경으로 인간의 다면성, 허물과 그 대가를 훌륭하게 그려 내는 작품이었다. 어떤 서사에서건 교훈을 찾아 헤매던 나는 이 작품을 보고 인간의 이야기를 담은 문학을 읽는 순전한 기쁨을 발견했다. 극장을 나와 지상으로 향하는 계단을 오르며 나는 인터파크 애플리케이션을 켰다. 다음 〈히스토리 보이즈〉 공연을 예매하기 위해서였다.

성지순례를 결심한 것은 2016년에 〈히스토리 보이즈〉가 세 번째 시즌을 마친 뒤였다. 이 작품은 그렇게 잘 팔리는 연극은 아니어서, 자본주의 논리에 따라 다시는 올라오지 못해도 이상하지 않은 상황이었다. 또다시 찾아온, 어쩌면 영원히 재공연을 볼수 없을 수도 있다는 불안함 속에 문득 호기심이 피어올랐다. 이 연극의 배경은 셰필드라는 도시인데, 무대 위에서 재현되는 셰필드의 고등학교뿐 아니라 실제로 그 지역이 어떤 곳인지 궁금해졌다. 포스너의 대사 속 "모든 칼리지가 다 대저택 같았다."는 옥스브리지 대학들은 어떤 모습일지, 어윈 선생님이 그토록 빠져 있는 리보 수도원은 얼마나 웅장할지 직접 보고 알아내고 싶은 마음이 주체할 수 없이 솟구쳤다.

궁금하면 가 보면 되지! 대학교 5학년(어쩌다 5학년이 되었는지는 묻지 마시오.), 졸업 작품을 제작해야 했지만 여행 자금을 모으기 위해 알바로 돈 버는 데 더 집중하며 아홉 달 뒤의 항공권과 숙소를 예약했다. 정신은 이미 셰필드에 가 있었지만 어찌저찌 작업을 해서 여행 전에 졸업도 했다. 마치 졸업 심사가 이 여행을 가로막는 방해물이라도 되는 것처럼 썼는데 그때 나에겐 그게 사실이었으므로…….

2018년 봄, 한 달 반 동안 〈히스토리 보이즈〉 영화 로케이션이나 희곡에 언급된 곳 등 관련한 장소들을 방문하는 일정으로 런던행 비행기에 올랐다. 28인치 슈트 케이스는 너무 무거웠고 혼자 여러 도시를 옮겨 다녀야 하는 기차 여행도 조금 긴장됐지만 가슴만은 두근거렸다.

런던의 숙소는 선택지가 그리 많지 않았다. 하루 숙박비가 내 여행 기간 전체 예산인 호텔을 보고 나는 에어비앤비 사이트를 통해 런던 외곽 가정집의 방 한 칸을 일주일에 30만 원 돈으로 빌렸다. 집주인 할머니 주디스는 나를 반갑게 맞아 줬다. 영국에서의 계획을 묻기에 연극을 보고 좋아하는 작품의 흔적을 찾아다닐 거라고 했더니 내게 이렇게 말했다.

"많은 사람이 그냥 다른 사람들을 따라서 여행을 오곤 해. 하지만 너는 네가 뭘 하는지를 정확히 알고 있구나."

이 말은 몇 년이나 마음속에 머물며 내가 가는 길에 확신이 들지 않을 때 나를 위로해 주었다.

런던에서는 가장 먼저 영국 국립극장에 갔다. 2003년에 〈히스토리 보이즈〉 초연이 올라온 극장이기 때문이다. 공연장의 모습을 알고 싶어서 당시 국립극장에서 개막한 다른 연극도 예매해서 봤고, 투어를 신청해서 백스테이지를 돌아봤다. 작중에서 셰익스피어를 많이 언급하기 때문에 셰익스피어 글로브 극장에도 들렀는데, 해가 내리쬐는 야외극장 마당에 몇 시간이고 서서 연극을 관람하는 관객들의 열정에 감탄이 나왔다. 국립극장 기록 보관소는 공연장에서 걸어서 10분 정도 거리에 있어서, 이메일로 예약을 한 뒤 방문해 〈히스토리 보이즈〉의 대본과 연습 일지, 실황 영상 등을 볼 수 있었다. 연극인도 아니고, 심지어 그 나라 사람도 아닌데 예약만 하면 방대한 연극 자료를 개방해 준다는 사실이 감동적이었다. 그렇게 극장 투어를 마치고 나니 런던에는 더 볼 일이 없었다. 〈히스토리 보이즈〉와 관련 없는 빅 벤이나 런던 아이 따위는 내 관심을 끌지 못했다. 버스를 타고 옥스퍼드로 이동했다.

조금은 서울과 흡사한 풍경의 런던과는 달리 옥스퍼드는 딱 봐도 역사가 오래된 건축물들로 가득한 도시였다. 영화 세트장 같은 각 칼리지의 석조 건물들이 "차가운 돌 냄새"를 풍겼고 대학생들은 품에 책을 안고 관광객 사이를 요리조리 피해 도서관으로 들어갔다. 한참이나 멋스러운 대로변과 골목들을 서성이다 오후 6시에 대학 교회에서 저녁 예배를 진행한다는 팻말을 보고 교회 안으로 들어갔다. 내가 신실한 기독교도여서는 아니고, 〈히스토리 보이즈〉에서 내가 가장 좋아하는 캐릭터인 스크립스가 대학 성찬례에 참석했다는 언급이 있기 때문이다.

나는 개신교 목사의 딸로 자랐지만, 특별한 사유가 있지 않는 한 교회라는 장소를 가까이하지 않는 편이다. 어릴 적 모태신앙 생활을 하는 동안 내면의 갈등이 너무 심했고, 예배 시간만 되면 몸이 떨리는 식의 거부 반응이 나타날 정도였다. 당시도 이미 교회를 나가지 않기로 한 지 몇 년은 된 때였다. 그럼에도 '최애캐'가 교회를 다닌다는 이유로 지구 반대편 예배당에 내 발로 들어간 것이다.

6시 반에 옥스퍼드를 떠나는 버스를 예매해 놓았으니 중간에 나올 심산으로 출입문에서 가까운 곳에 자리를 잡았다. 의자에서 내려와 무릎을 꿇고 기도할 사람들을 위해 예쁘게 수놓은 두툼한 쿠션이 자리마다 하나씩 놓여 있었다. 교회를 화려하게 장식한 스테인드글라스를 구경하고 있자, 학생 성가대가 찬송가를 부르며 성찬례가 시작되었다. 아카펠라 합창의 아름다운 화음을 듣는 순간, 갑자기 주체할 수 없이 눈물이 터져 나왔다. 낯선 나라의 교회당에서 나는 전혀 예상하지 못한 감정의 소용돌이에 뒤덮였다. 그와 동시에 내가 깨달은 것은 만화를 그려야 한다는 사실, 내가 세상에 내놓아야 할 이야기가 있고 그 이야기의 주인공은 성가를 부르는 아이가 될 거라는 사실이었다.

그날 나는 버스를 놓치고 퉁퉁 부은 눈으로 깜깜한 옥스퍼드시를 걸어 다녔고, 며칠 후 요크서 지방으로 가는 기차 안에서 〈요나단의 목소리〉를 집필하기 시작했다.

런던에서 2시간가량 기차를 타고 올라가면 셰필드에 도착한다. 그리고 거기서 한 시간 반을 더 가면 핼리팩스라는 도시가 있다. 〈히스토리 보이즈〉의 시대 배경은 1980년대인데 그 후에 셰필드는 크게 발전해서 옛날 모습을 거의 잃었다고 한다. 그래서 2006년에 개봉한 영화 〈히스토리 보이즈〉의 대부분은 핼리팩스에서 촬영을 했다고 하니, 거기도 가 봐야 하지 않겠는가. 주디스는 내 행선지를 듣고 "관광할 게 없는 도시인데 뭐 하러 가니?" 하고 의아해했지만, 자초지종을 설명하자 "너 그 연극 정말 좋아하는구나." 하고 납득해 주었다. 나는 가상의 소년들이 가상의 이야기에서 살던 현실의 장소로 향했다.

셰필드와 핼리팩스는 주디스의 말처럼 딱히 관광할 거리가 없이 평범하게 현지인들이 일하며 살고 있는 도시였다. 나는 바로 그 자리에 내가 사랑하는 연극의 등장인물들을 집어넣어 그들의 일상을 상상해 보았다. '저 집에는 데이킨이 살 것 같고, 이 공원은 포스너가 좋아할 것 같아.' 그렇게 남다른 것 없으나 나에게만은 특별한 도시의 풍경을 관찰하며 3주간을 유유자적 보냈다.

하루는 숙소에 돌아와 앨런 베넷에게 편지도 썼다. 당신의 작품을 사랑해서 내 인생이 바뀌었고 지금은 그 정취를 느끼러 영국에 여행을 와 있다, 영어 실력이 부족해 미안하다는 쓸데없는 말까지 구구절절 늘어놓은 팬레터를 부끄럼도 모르고 졸업 작품으로 그린 만화책과 함께 봉투에 넣어 우체국에 가서 부쳤다. 편지나 책을 읽어 줄지는 미지수지만 아무튼 〈히스토리 보이즈〉 순례를 온 입장에서 할 수 있는 경험은 다 해 보자는 심산이었다.

핼리팩스를 떠나 나는 점점 더 북쪽으로 갔다. 영화 촬영지 중 또 한 곳, 먼 옛날 헨리 8세가 가톨릭 교회의 재산을 몰수하며 파괴한 건물 중 하나인 파운틴스 수도원 폐허를 보고 싶어서였다.(희곡에서 언급된 장소는 리보 수도원이지만 도저히 스케줄에 끼워 넣을 수 없는 거리에 있었다. 리보 수도원은 그로부터 4년 후인 2022년에 가게 된다.) 파운틴스 수도원 잔해는 93만 평이나 되는 넓은 부지 위에 자리하고 있어 전부 둘러보기 위해서는 아침부터 하루 종일 부지런히 걸어야 했다. 천국으로 통하는 문같이 높다랗게 뚫린 예배당 정면, 둥근 천장을 따라 아치 기둥이 끝없이 늘어진 서늘한 식품 저장고, 수도사들이 기도하며 오르내렸을 돌계단 들을 하염없이 바라보고 들이쉬고 만졌다. 사라지는 것들은 왜 그렇게 아름다운지!

500년 전에 무너져 내려 담쟁이덩굴이 무성한 돌무더기가 된 수도원을 보면서 나는 그 황폐함에 감동해 눈물을 찔끔 흘리고 말았다.

여행을 준비하며 검색하다가 영국에선 종종 〈히스토리 보이즈〉의 아마추어 공연이 올라온다는 사실을 알게 되었다. 이 모든 여행 계획이 바로 그 연극이 보고 싶어서 시작된 것이기 때문에 여행 일정에 공연을 끼워 넣는 것은 지극히 자연스러운 일이었다. 예매를 통해 홀리라는 도시의 아치웨이 극단에서 한 번, 극중 린톳 선생님의 모교인 더럼 대학교 극단에서 한 번, 아마추어 〈히스토리 보이즈〉를 볼 수 있었다. 이 연극은 영국에서는 너무나도 잘 알려진 작품이어서 극장 로비에서 관객이 포스너의 유명한 대사("완전 좆 된 거죠.")를 읊는 모습도 볼 수 있었다.

내가 사랑하는 연극을 원어로 보는 경험은 색다른 것이었다. 일단 영어 대사의 태반은 알아들을 수 없어 한국에서 봤던 기억을 더듬어 떠올려 내야 했고, 유머 코드가 달라서 관객들이 전부 폭소를 터뜨릴 때 나는 웃을 수 없었다. 반대로 아무도 웃지 않을 때 나만 웃는 경우도 있었고 말이다. 그래도 매번 커튼콜에는 눈물을 흘렸고, 공연이 끝나면 내면이 깊어진 것 같은 착각에 빠진 채 뿌듯하게 극장을 나섰다. 더럼대 학생들의 공연을 관람하고 나오자마자 린톳 선생님이 말한 대성당의 야경을 직접 본 경험은 아직도 생생해 잊히질 않는다.

여행을 마치고 귀국하는 날, 진부한 표현이지만 즐거운 꿈에서 깨는 기분이었다. 한 달 반 동안 〈히스토리 보이즈〉의 세계에서 헤엄치고 있었는데 갑자기 집으로 돌아가 돈을 벌어 먹고살아야 한다니! 캐리어만큼 무거운 마음을 안고 한국 집에 돌아갔는데, 그사이에 내게 엽서가 하나 도착해 있었다. 앞면은 푸른 평야 위에 세워진 기다란 석조 고가교를 기차가 지나가고 있는 순간의 사진이었다. SNS 시대에 누가 이런 멋들어진 그림엽서를 보내왔담? 엽서를 돌려 뒷면을 보니 그곳에는 알아보기 매우 힘든 글씨로, 그러나 익숙한 이름이 적혀 있었다. 앨런 베넷이 내 편지를 읽고 답장을 보내온 것이다! 입을 다물지 못한 채 암호 같은 악필을 해독해 보니 한국에서 편지를 받는 일은 드물고, 〈히스토리 보이즈〉를 쓸 때 당신도 즐거웠으며 이 작품을 좋아해 주어 기쁘다는 내용이었다. 영감님이 과연 저만큼 기쁘셨을까요? 〈히스토리 보이즈〉 성지순례의 마지막을 원작자인 앨런 베넷이 장식해 줄 줄 누가 상상이나 했겠는가! 그야말로 '성덕'이 된 나는 눈물을 닦으며 엽서를 껴안았다가, 쓰다듬었다가, 믿기지 않아 뚫어지게 바라보았다가 앨범 속에 소중히 보관해 놓았다.

+

여행을 다녀온 다음 해인 2019년, 〈히스토리 보이즈〉가 3년 만에 한국 극장으로 돌아왔다. 나는 당시 개인적으로 무척 마음이 괴로운 일이 있어 작품을 전처럼 한껏 즐기지는 못했지만 그 시즌에 출연한 강명주 배우를 매우 좋아했다. 흰머리를 염색하지 않고 무대 위에 올라와 〈자기만의 방〉을 읽던 중년 여배우는 〈히스토리 보이즈〉의 유일한 여성 캐릭터를 깊은 이해와 존재감으로 풀어내며, 어떤 배우는 연기로 관객의 부서진 심장에 위로를 줄 수도 있다는 걸 알려 주었다. 그 배우가 너무 좋은 나머지 나는 예천에서의 트라우마(?)를 딛고 마지막 공연 날 사인을 받기 위해 배우의 퇴근을 기다렸다. 강명주 배우가 연기한 린톳 선생님을 그린 그림엽서를 내밀며 사인을 부탁하자 강명주 배우는 고맙다며 나를 꼭 안아 주셨다. 나도 목멘 소리로 감사합니다, 했다. 우리는 SNS 친구가 되었다.

그 후로 더는 사인을 받거나 이야기를 나누진 못했지만, 강명주 배우는 내 만화를 읽어 주었고 나도 강명주 배우의 출연작을 일부러 찾아 가며 보았다. 차분하지만 강렬했던 〈코리올라누스〉, 마치 다른 사람인 듯 인간의 악한 모습을 무섭게 그려 낸 〈스웨트〉, 극한의 연기라 느꼈던 〈인간이든 신이든〉, 따뜻한 그리움을 선물한 〈20세기 블루스〉, 마지막 연극 작품으로 고통스럽고 또 사랑스러웠던 〈비Bea〉까지.

매 작품 잊을 수 없는 장면을 만들어 준 강명주 배우는 2025년 2월 27일 투병 끝에 세상을 떠났다. 나는 꼭 은사님을 잃은 듯한 슬픔에 휩싸여 장례식장에 갔다. 강명주 배우의 영정 사진 앞에서 기도를 올리고 가족들께 "저는 그냥 관객인데요, 너무 사랑하는 배우였어서 가시는 길을 보고 싶었어요." 하고 인사하니 따님인 박세영 배우가 몇 번이고 손을 잡아 주었다.

언제까지고 선생님이라고 부르고 싶었던 유일한 배우가 벌써 그립다. 부디 평안하시기를.

가서
네 상상 친구랑
놀아!

앞서 '픽션을 아무리 사랑해도 그 세계로 들어갈 수 없다.'고 했지만, 열 살이던 내게 그런 것쯤은 문제가 되지 않았다. 그 당시 전 세계는 '해리 포터' 붐이 일고 있었고 나 또한 시리즈의 신작을 손꼽아 기다리는 흔한 독자 중 한 명이었다.

나는 개신교 집안에서 자랐는데, 얼마나 엄격했냐면 일요일에 교회가 끝난 뒤 슈퍼에서 아이스크림이라도 사 먹으면 주일에 돈을 썼다고 혼났다. 찬송가, CCM, 동요를 제외한 가요나 뉴에이지 음악은 부모님 몰래 들어야 했고, 무엇보다 장난으로라도 운세나 점을 보면 안 됐는데 마귀에게 놀아나는 일이라고 배웠기 때문이다.

그러니 마법 세계를 배경으로 마법사가 주인공인 소설은 우리 부모님 같은 교회 어른들에게 얼마나 사악해 보였겠는가? 하지만 사회적으로 신드롬이라고 할 정도로 선풍적인 인기몰이를 한 탓에 교회 사람들도 막을 수 없음은 물론 휩쓸리기까지 해버린 이교도(?) 시리즈가 당시 두 작품 있었다. 하나가 《홍은영의 그리스 로마 신화》, 다른 하나가 바로 《해리 포터》다. 학교에선 두 작품을 가져온 아이의 책상 주변으로 학생들이 몰려들었고, 신간이 나오면 한 달 내에 독파해야만 친구들의 대화에 끼어들 수 있었다.

나 역시 홍은영 작가의 아름다운 그림에 푹 빠져 있었고 달의 여신 아르테미스를 연습장에 따라 그렸지만, 먼 옛날 고대 그리스를 배경으로 한 신화보다는 나와 거의 동시대를 살고 있는 해리 포터에게 더 친밀감을 느꼈다. 흥미진진하고 환상적인 모험 이야기도 재밌었지만 마법 학교 호그와트와 뚜렷한 개성

의 기숙사들, 마법의 약을 조제하는 수업과 미성년
도 마실 수 있는 버터 맥주의 맛 등 마법 세계에서
의 일상을 상상하는 것만큼 즐거운 일도 없었다.

그때 나처럼 《해리 포터》 시리즈를 좋아한 많은
어린이들은 자신에게도 호그와트에서의 초대장이
날아오지 않을까 내심 기대했다고 한다. 그러나 부
모님의 종교 교육 때문이었을까, 어쩐지 나는 마법
세계에 입성하는 것은 일찌감치 포기하고 있었다.
다만 나도 공상하기로 둘째가라면 서러웠기에 직접
호그와트행 열차를 타는 대신 해리를 내 방으로 불
러왔다.

해리 포터의 인생을 속속들이 읽고 나선 해리는
이미 내 친한 친구였다. 영국에서만 살아온 해리는
나를 모를 테지만 이제부터 알려 주면 될 터였다.
나는 해리가 내게만 보이는 투명 인간인 것처럼 그
에게 말을 걸고 행동하기 시작했다.(진짜 소리 내서 말을 걸었다는 뜻이다.) 해리의 외견은 물론 영화 시리즈에 나오는 열두 살 다니엘 래드클리프의 얼굴이었다. 우리는 원래 소꿉친구였던 것처럼 단박에 친해졌고 어디든 붙어 다니게 되었다. 내 방은 물론, 놀이터나 교회에서도 마찬가지였다. 등하굣길에도 해리와 대화하느라 심심할 틈이 없었다. 대화 내용은 주로 이랬다.

나   수학 진짜 싫어. 너는 수학 공부할 필요 없어서 좋겠다.
해리   하지만 어둠의 마법 방어술도 만만치 않게 어려워.
나   그래도 재밌잖아. 엑스펠리아르무스!

해리는 나에게만 보이고 들렸기 때문에 다른 사람들이 나를 봤다면 혼잣말을 중얼거리는 이상한 어린이처럼 보였을 것이다. 아니, 그냥 그게 맞았다.

만약 엄마에게 해리를 들켰더라면 병원에 가야 했을지도 모르는 일이다. 하지만 조금 후 해리와는 소원해지게 되는데, 바로 《해리 포터》 시리즈 3부 〈아즈카반의 죄수〉에서 너무나 매력적인 인물, 시리우스 블랙이 나타나게 되면서다.

처음에는 악당인 줄 알았는데, 이야기가 진행되며 오해를 풀고 결말부엔 해리의 멋진 대부가 되어 주는 시리우스는 나의 마음을 즉시 사로잡았다. 그 이름도 멋진 시리우스 블랙, 긴 검정 머리칼에 원작 공인 미남이고 심지어 강아지로 변신까지 할 수 있다! 이렇게 완벽한 캐릭터는 내 또 다른 투명 인간 친구가 되어 줘야 했다.

문제가 있다면 시리우스는 해리의 아버지뻘이라는 것이다. 그래서 나는 시리우스를 기반으로 한 내 또래 소년 캐릭터를 재창작해 시리우스의 성을 따다 '블랙'이라는 이름을 붙였다.(이게 어떻게 재창작이냐면…… 열 살이었다고요!) 블랙은 해리보다 조금 더 쿨하지만 다정한 성격으로, 해리가 절친이었다면 블랙은 썸남(?)에 가까웠다. 얼굴도 내가 상상할 수 있는 최고의 미소년을 떠올려 냈다.(여담이지만, 후에 개봉한 〈아즈카반의 죄수〉 영화에서 나는 시리우스로 분한 게리 올드만을 보고 매우 실망한다. 단순히 내가 생각한 외모가 아니라는 이유로. 미안해요, 게리 올드만. 지금은 당신이 멋진 배우라는 걸 안답니다.)

나의 투명 친구들은 나에 대해서 모든 걸 알고 있었고, 내가 말하지 않은 깊은 속내도 들여다보아 주었다. 부모님에게 혼난 날, 언니나 친구와 싸운 날, 수학 문제를 풀지 못해 학교에서 창피를 당한 날에도 내 곁에 머무르며 나를 위로해 주었다. 해리와 블랙은 그야말로 내 베스트 프렌드였다.

열두 살에 나는 캐나다 토론토에서 학교에 다니기 시작했다. "캐나다에 있는 친척 집에서 살아 볼래?" 하는 엄마의 질문에 별생각 없이 "네!" 하고 대답한 결과였다. 그렇게 가족과 떨어져 겨울엔 눈이 허리춤까지 쌓이는 도시에서 2년을 머물게 되었는데, 캐나다의 초등학교는 나같이 내향적인 어린이를 가만히 두고 보는 기관이 아니었다. 쉬는 시간이면 선생님들은 전교생을 학교 건물 밖 운동장으로 쫓아냈다. 한국에선 늘 교실에 얌전히 앉아 그림을 그리던 나도 반드시 야외에 나가서 다른 아이들과 교류해야 했다. 그때 내가 다닌 학교에는 유학생이 극도로 적었지만, 다행히 영어를 잘 못하던 나와도 어울려 주는 좋은 친구들을 만났다. 미셸은 내게 한국에 관해 물어봤고, 크리스티나는 또래들이 쓰는 은어를 알려 주었으며 야지와는 일본 애니메이션에 관한 얘기를 나눴다. 이제 나는 투명 친구들 대신다른 사람들 눈에도 보이는, 실제로 존재하는 친구들과 함께 술래잡기며 공놀이를 했다.

어디에나 그렇듯 여학생들과 유독 사이가 안 좋

은 남자애들이 캐나다에도 있었다. 우리 학년에서는 로비와 피터가 대표적이었다. 개들은 별 이유 없이 여자애들 주변을 어슬렁거리며 놀리고 못된 말을 했다. 물론 그런 때면 여자애들도 가만히 있지 않았고, 욕을 하며 그들을 쫓아내는 데 열심을 냈다. 나도 열심히 개들을 노려보며 친구들이 내뱉는 비속어를 체득하기 위해 속으로 '왓 더 헬', '겟 로스트' 따위의 말을 되뇌곤 했다. 그런데 어느 날 여느 때처럼 걸리적거리는 로비에게 야지가 이렇게 외치는 게 아닌가.

"Go play with your imaginary friend!(가서 네 상상 친구랑이나 놀아!)"

그 말뜻을 이해하기 위해 잠깐 머리를 굴렸다. '상상 친구'라는 단어에 나는 곧장 해리와 블랙을 떠올릴 수 있었다. 그들을 설명하는 단어가 있다는 사실에 놀랄 틈도 없이 더 큰 충격을 받았는데, '상상 친구랑 놀아라.'라는 표현이 '너는 현실에는 친구가 없으니 가상의 친구나 만들어 내서 혼자 놀아라, 찌질아!'라는 뜻의 매우 비하적인 발언으로 추정되었기 때문이다! 물론 야지는 내가 가상의 친구나 만들어 내서 혼자 논 찌질이라는 사실은 몰랐지만, 해리와 블랙이 누군가에겐 놀림거리가 될 수 있다는 사실이 당황스러웠다.

그날 이후 나는 다시는 내 방으로 해리와 블랙을 불러내지 않았을뿐더러 누구에게도 그들에 대해 발설하지 않았다. 내게 스스로 만들어 낸 친구가 있다는 걸 들키면 안 되니까. 태생적으로 '잘나가는 애'는 될 수 없다 해도 '이상한 애'처럼 보이는 건 사양이었다. 나는 더 적극적으로 학교 친구들 사이에 끼어들었다. 그 전까진 통 관심 없던 옷차림도 주변 아이들과 비슷하게 입으려고 노력했으며, 학교 댄스파티에도 전부 참가했고 유행하던 밴드 그린 데이의 '아메리칸 이디엇' 가사를 외웠다. 현실의 인생에 집중하는 동안 상상 속 투명 친구들은 자연히 내 주변에서 떠나가 다시는 내게 말을 걸지 않았다.

그들의 존재를 다시 떠올려 낸 것은 10여 년 후 영화관에서였다. 2015년에 개봉한 픽사의 애니메이션 〈인사이드 아웃〉에는 '빙봉'이라는 캐릭터가 나온다. 빙봉은 주인공 라일리가 어렸을 때 머릿속에서 만들어 함께 놀았던 상상 친구로, 노래를 연료로 하는 로켓을 타고 라일리와 함께 달까지 날아가는 꿈을 가지고 있다. 영화에서 라일리가 열한 살 인생 최대 위기에 맞닥뜨려 어떤 감정도 느끼지 못하게 되었을 때, 라일리의 상상 친구는 자신을 희생해 그에게 기쁘고 슬픈 기억을 돌려준다. 이 장면은 나를 포함해 많은 관객의 눈물을 자아냈다. 우리에게 어릴 적 상상 친구가 있었든 없었든 말이다.

나는 하릴없이 나의 열 살 적을 돌아봤다. 라일리가 빙봉과 함께했을 때보다 대여섯 살은 더 많은 나이였지만 그때 나에게는 해리와 블랙이 필요했던 것이다. 어린 취급을 받아서, 그림이 잘 그려지지 않아서, 친한 친구들을 떠나 새 학교로 전학을 가야 해서, 어떤 이유로든 분명히 나만의 외로움을 느꼈을 열 살. 원작 《해리 포터》와는 이미 동떨어져 있는, 내 마음대로 설정한 나의 가장 친한 친구들을 만들어 내며 그 시절을 견뎌 왔다는 걸 깨달았다.

알고 보니 서양에서는 많은 어린이가 자기가 만들어 낸 상상 친구와 함께 유년 시절을 보낸다고 한다. 어쩌면 로비는 야지의 말을 듣고 나처럼 뜨끔했을지도 모른다. 어쩌면 야지 본인에게도 상상 친구가 있는데 아닌 척했는지도 모른다. 꼭 상상 친구의 형태를 하지 않더라도, 유년기를 이미 지나왔더라도, 우리는 모두 나를 누구보다 깊이 들여다봐 주고 내 편을 들어 주는 또 다른 나 자신이 필요한지도 모른다.

빙봉이 라일리의 기억 저편으로 사라져 갈 때 지금껏 잊혀 있던 내 친구들은 반대로 내 기억 속으로 돌아왔다. 전처럼 내 눈앞에 실재하듯 나타나 주지는 않았지만 머릿속에 해리와 블랙의 목소리가 들리는 것 같았다. "우리랑 함께 있을 때 즐거웠지?" 하고. 나는 힘차게 고개를 끄덕였다. 더 이상 내게 상상 친구들이 있었다는 사실이 부끄럽지 않았다.

권교정이라는
세계

한번은 학교 미술 시간에 내가 되고 싶은 인물의 초상화를 모작하고 얼굴 부분에 나 자신을 그려 넣는 과제가 주어졌다. 딱히 되고 싶은 인물이 없던 나는 그런 것보다 그냥 당시 '최애캐'였던 〈셜록 홈즈〉 시리즈의 주인공 셜록 홈즈를 그리고 싶었다. 야간자율학습 시간을 때우기 위해 《셜록 홈즈 걸작선》을 읽은 뒤로 나는 이 예민한 영국인 사설탐정의 매력에 푹 빠져 있었다. 하지만 홈즈는 실존 인물이 아니기에 모작할 사진이 없어, 옛날 드라마에서 홈즈 역할을 맡은 배우 제레미 브렛의 사진을 출력해 갔다. 특유의 디어스토커 모자와 스리피스 정장, 코트와 장갑까지 신나게 그려 넣고 나니 정 가

운데에 잘생긴 영국인이 아니라(홈즈가 잘생겼는지에 대해서는 다른 의견이 있을 테지만, 어떻게 키가 큰 천재 탐정을 미남으로 상상하지 않을 수 있단 말인가?) 내 얼굴을 넣어야 한다는 사실이 못마땅해도 하는 수 없었다. 셜록 홈즈 코스프레를 한 내 초상화를 제출하자 미술 선생님은 어리둥절해하셨다.

생각해 보면 내겐 '롤 모델'이랄 것이 없었다. 어렸을 적부터 만화가가 되고 싶다는 꿈만은 또렷했고, 좋아하고 존경하는 작가도 여럿 있었지만 "이 사람처럼 되고 싶다!"는 마음은 그다지 들지 않았다. 따지자면 누구와도 비슷하지 않은 강한 독창성을 가진 작가가 되고 싶었다. 이는 데뷔와는 아직 거리가 먼 만화가 지망생이 으레 할 법한 생각으로, 정작 만화가가 된 지금은 더 이상 그런 꿈을 꾸지 않는다. 그렇게 열일곱 살에 내가 흥미를 느낀 분야는 동화의 재해석으로, 시작부터 남의 이야기를 가

져와야 하는 작업이었고 막상 떠올린 설정도 싸가지 없는 '빨간 모자'와 소심한 늑대 정도의 새로울 것 없는 도식이었다. 지금 생각하면 그마저 '거리의 시인들'의 '착한 늑대와 나쁜 돼지 새끼 세 마리'에서 영감을 받은 듯하다.

싸가지 없는 빨간 모자에 관한 보잘것없는 낙서를 몇 개 휘갈긴 뒤 나의 관심은 제임스 매튜 배리가 쓴 《피터 팬》의 악당, 후크 선장으로 옮겨 갔다. 나는 독창성이라곤 찾아보기 힘든 상상력을 발휘해서 후크 선장을 디즈니에서 그려 낸 것처럼 주먹만 한 코에 접시만 한 턱을 가진 비호감 아저씨가 아니라 찰랑거리는 머릿결에 어딘가 처연한 분위기를 풍기는 미중년으로 그려 냈다. 디자인과 분위기만 있는 나의 제임스 후크에게 서사를 부여하기 위해 인터넷 서핑을 하던 중에 나는 누군가 이미 나보다 앞서 '잘생긴 후크 선장'을 주인공으로 만화를 그렸다는 사실을 알게 된다. 포털 사이트들이 어린이용

서비스로 꽤 많은 양의 만화책을 무료로 볼 수 있게 해 주던 때였다. 후크가 주인공인 만화는《붕우》라는 제목의 단편집에 세 번째로 실린 작품이었는데 성질이 급한 나는 앞의 작품들을 건너뛰고 〈피터 팬〉부터 찾아 읽었다. 만화가 권교정의 존재가 내 인생에 들어선 순간이었다.

권교정의 단편 〈피터 팬〉은 네버랜드 바깥의 세계에서 어른이 된 피터가 과거를 회상하며 시작한다. 네버랜드에서 아이들과 해적 후크 일당의 대립이 왜 발생한 건지, 애초에 아이들은 어쩌다 네버랜드에 오게 되었는지 등을 작가만의 새로운 아이디어로 그려 넣은 이 작품에서는 후크 선장에 대한 진짜 애정이 느껴졌다. 막무가내로 아이들의 즐거운 시간을 방해하고 네버랜드를 차지하고 싶어 하는 악한이 아니라, 좋은 어른으로서 후크를 묘사하며 그의 행동에 정당한 이유를 찾아 주고 변호해 준 것이다. 특히 후크가 피터에게 어른이 되어야 하는 까닭을 간절하게 설파하는 장면에서는 나도 모르게 눈물이 고였다. 만화를 다 읽고 나니 나도 피터나 웬디와 함께 네버랜드로부터 아주 다정한 손길로 떠나보내진 기분이 들었다.

〈피터 팬〉을 다 읽은 뒤 《붕우》에 수록된 나머지 작품들까지 읽고 나는 완전히 권교정의 만화와 사랑에 빠졌다. 표제작 〈붕우〉에선 옛날 중국의 병법가 방연과 손빈의 잔인한 라이벌 관계가 아름다운 우정과 슬픈 운명으로 탈바꿈했고, 〈마법사의 화장실〉은 내가 본 화장실을 소재로 한 작품 중 가장 귀여운 이야기였다. 후자는 작가의 다른 작품인 〈헬무트〉의 외전이라고 후기에 쓰여 있었다. 그 만화도 어떤 작품일지 미칠 듯이 궁금했다.

우선은 《붕우》를 종이책으로 가져야만 했다. 주기적으로 업데이트되어 다른 만화책으로 교체되는 포털 사이트의 서비스에서 공짜로만 보다가 이 작품을 흘려보낼 수는 없었다. 당장 검색창에 작가 이름을 입력했지만 《붕우》를 포함한 대부분 만화가 절판된 상태였다. 게다가 시리즈물 중에 완결된 것은 두 작품뿐이었다! 나중에 보니 권교정 작가는 연재 만화가로서는 불운하게도 연재 중이던 잡지가 폐간되는 일을 일반적인 수준보다 훨씬 더 많이 겪은 것이다.

하는 수 없이 인터넷 중고 매장을 뒤지기 시작했다. 만화 마니아들은 당연히 권교정 작품의 소장 가치를 알고 있었기에 개인이 판매하는 물건은 드물었고, 폐업한 만화 대여점에서 떨어져 나온 책들이 몇 권 있었다. 중고 만화를 전문으로 판매하는 사이트들도 있어 어떤 시리즈는 이 사이트에서 한 권, 저 사이트에서 다음 권을 주문하기도 했다. 배송비를 생각하면 배보다 배꼽이 더 컸지만 그런 걸 생각할 겨를이 없었다.(이때의 경험은 후일의 덕질에도 큰 도움을 준다. 알렉상드르 뒤마의 소설 《삼총사》를 파고들었을 때 후속편 번역본이 1995년도에 출간되었고 곧 절판됐다는 사실을 알고 나서 나는 약 반년간 하루도 빠지지 않고 매일매일 세 번씩 구글 검색을 했다. 지금도 세계문학의 《삼총사 20년 후》 1~4권은 좋지 않은 번역 퀄리티에도 불구하고 내 책장 '삼총사 칸'에 소중하게 꽂혀 있다.)

당시 권교정 작가의 만화 중 절판되지 않아 새 책으로 살 수 있었던 작품은 《제멋대로 함선 디오티마》뿐이었다. 나는 문과라는 핑계로(이것조차 거짓말이다. 나는 문과 이과를 정하기 전에 고등학교를 중퇴하였으므로 문과인 적도 없다.) 늘 공상 과학 장르를 두려워했기에 《디오티마》를 읽는 것은 조금 나중으로 미뤘다. 지금은 그런 짓을 할 수 있었던 과거의 내가 부럽다. 한때 유행한 "○○○ 안 본 뇌 삽니다."라는 말은 무언가 끔찍한 것을 봤을 때도 유효하지만, 어떤 것을 보고 너무 좋은 나머지 그 기억을 지우고 다시 처음의 감동을 느끼고 싶다는 뜻으로도 쓰인다. 세상의 모든 지식을 탐닉하며 생을 반복해 온 여성의 이야기,《디오티마》를 본 내가 느낀 바로 그 감정이었다.

〈마법사의 화장실〉의 본편《헬무트》는 권교정 작가의 전매특허 '중세물'이다. 섬세한 고증과 아름다운 상상을 결합한 이 작품은 교회의 이단 심판이 횡행하던 중세 독일을 배경으로 권력자들이 얼마나 잔인한 방식으로 소수자와 약자를 배척하고 제거해 버렸는지를 독자들에게 읽어 준다. 마법사와 요정들로 마이너리티를 대변하며 이 작품이 연재를 시작한 1996년부터 30년이 흐른 지금도 유효한 이야기를 들려주는데, 얼핏 무겁게 들릴 수 있지만 특유의 유머 코드와 시원시원한 인물 묘사 덕에 페이지가 획획 넘어간다.

《어색해도 괜찮아》와 《정말로 진짜!》는 작가의 작품 중 보기 드문 학원 순정 만화로 90년대 중고등학생들의 생활상을 매우 현실적으로 그려 냈다. 두 작품의 주인공 긍하와 유진은 머리를 짧게 자른 모범생들로, 남주인공을 열렬히 좋아하면서도 필요할 땐 공부에 매진하며 진로의 중요성을 잊지 않는다. 순정 만화 하면 공식처럼 등장하는 여주인공의 라이벌 악녀도 없고, 바닷가에 놀러 가는 대신 수행평가 준비를 위해 수영 모자와 물안경을 꼭꼭 챙겨 구립 수영장에 가는가 하면, 주인공들의 데이트 장소는 만화 박람회다. 옆자리 반 친구들을 관찰하는 듯 소소하지만 공감 가는 이야기들은 내 것이 아닌 추억임에도 그리운 마음을 불러일으켰다.

무엇보다 놀라운 것은 권교정 작가의 만화 중 단한 작품도 재밌지 않은 작품이 없었다는 점이다. 한작품쯤은 내 취향과 어긋날 법도 한데, 나는 모든 만화를 소장해야겠다고 느꼈다. 〈피터 팬〉과 마찬가지로 동화를 재해석한 《피리 부는 사나이》와 데뷔작 《메르헨, 백설공주의 계모에 관한》, '친구물'이라는 새로운 장르의 《올웨이즈Always》, 일상을 조

금 특별하게 살고 있는 마법사들의 이야기《매지션
Magician》, 정통 판타지《청년 데트의 모험》…….

　중고로 구한 만화책의 페이지마다 장르를 넘나들
며 독보적인 서사를 펼치는 권교정이라는 세계가
존재했고, 평생을 내가 찾아 헤매고 있었는지도 모
르던 이야기들이 거기 있었다. 나는 그 이야기들에
서 공통점을 발견했다. 권교정의 만화에는 인간에
대한 고찰이 있었다. 사람 간 관계에 대해, 그 관계
속의 감정들에 대해, 그리고 무엇보다 인간이 사유
하는 까닭에 대해 끊임없이 탐구하는 이야기들이었
다. 만화로 이런 이야기를 할 수 있구나, 눈이 번쩍
뜨였다.

　그 후로 누군가가 나에게 롤 모델을 물으면 나
는 오직 한 사람의 이름을 말하기 시작했다. 대학입
시 만화 학원 선생님이 "권교정은 모르거나 좋아하
거나 둘 중 하나지."라고 했을 땐 그 표현의 적절함

에 무릎을 탁 쳤다. 누구의 영향도 받고 싶지 않다는 원대한 꿈은 이미 잊은 지 오래였다. 나는 평생을 '권교정 같은 만화를 그릴 수 있다면.' 하고 바라게 되었다.

한창 대학 입시를 준비 중이던 해, 권교정 작가의 새 작품이 나왔다는 소식을 들었다. 작품의 제목은 바로…… 셜록! 나는 두 눈을 의심했다. 셜록? 내가 아는 그 셜록? 놀랍게도 신작은 코난 도일의 셜록 홈즈를 원작으로 한 만화가 맞았다. 한때는 나도 셜록 홈즈 만화를 그리고 싶었는데……. 당시 한창 유행하던 영국 드라마 〈셜록〉이 시대 배경을 21세기로 현대화한 것과는 달리 권교정의 〈셜록〉은 원작의 빅토리아 시대를 그대로 차용했다. 특유의 화풍과 고증으로 다시 그린 권교정의 셜록 홈즈는…… 눈물 나게 좋았다. 나는 과거에 이미 접혀 보관되어 있던 '정해나의 셜록 홈즈에 대한 꿈'을 한 번 더 접어 마음 밖으로 날려 보냈다.

다른 작품들과 마찬가지로《셜록》을 질투와 행복에 겨워하며 읽은 뒤 나는 문득, 아직 중고로도 구하지 못한《마담 베리의 살롱》을 다시 찾아봐야겠다고 생각했다. 내가 보지 못한 권교정의 만화란 있어서는 안 된다는 마음으로. 중고 시장은 7할의 노력과 3할의 운으로 돌아가는 곳이라, 10년 동안 찾지 못한 물건이 마음을 내려놓는 순간에 별안간 나타나기도 한다. 그러니까 이번에는《마담 베리의 살롱》을 구했다는 얘기다.

그런데 이게 웬일인가,《마담 베리의 살롱》은《삼총사》에 나오는 것처럼, 국왕을 지키는 총사대에 관한 이야기가 아닌가! 내가 권교정 작가의 만화만큼이나 집착적으로 책을 모았던 그《삼총사》! 알고 보니 권교정 작가는《삼총사》의 오랜 팬으로 특히 리슐리외 추기경을 좋아했다고 한다. 내가 흥미를 가진 작품은 모두 앞서서 좋아했고, 그것도 모자라 작품으로 만들어 낸 이 작가의 정체는 도대체 무엇인

가. 이쯤 되면 나란 사람은 권교정 유니버스에 살고 있는 것 아닌가?

대학을 졸업하고 나도 드디어 한 편의 만화를 그려 냈다. 동화의 재해석도 아니고 셜록 홈즈도, 삼총사도 아닌 내 경험을 녹여 낸 만화였다. 출판사에서는 책을 출간할 때 홍보를 위해 다양한 액션을 취하는데, 편집자님이 "권교정 작가님께도 추천사를 부탁드려 볼까요?"라고 물으셨을 때 나는 의자에서 펄쩍 뛰어올랐고, "작가님이 써 주시겠대요."라는 답변을 받았을 땐 심장이 입 밖으로 튀어나오는 줄 알았다. 그리하여 《요나단의 목소리》는 "한국 만화의 전설 권교정 작가가 최초로 추천사를 쓴 책"이라는 영광스러운 타이틀을 달고 세상에 나오게 되었다. 눈물을 흘리며 추천사를 읽고 나서 내 만화를 다시 보니 권교정 작가가 추천한 작품이라 그런가 어찌나 재밌던지…….

권교정 작가는 2011년부터 투병 중이라 방대한 서사를 가진 작품들은 작업이 중단되었으나 〈GYO의 Real Talk〉라는 에세이 만화를 연재하고 있다. 유튜브에서도 동물을 구조하고 꽃들을 돌보며 독자들에게 꽃씨를 나눠 주는 일상을 엿볼 수 있다. 가장 사랑하는 작가가 어서 건강을 되찾기를 제일 먼저 바라지만, 그다음으로는 부디 권교정이라는 거대한 도서관에서 새 이야기를 뽑아 들 수 있기를 기원해 본다. 그때까지 나는 계속 말할 테다.

권교정 같은 작가가 되고 싶어요!

돌아오지 않는 작품의
팬이 된다는 것

삶에 있어 많은 것이 그렇지만, 공연예술은 두 번 다시 같은 순간을 경험할 수 없다는 특징이 있다. 같은 공간과 연출 안에서 같은 배우가 같은 대사를 읊는다 해도 두 번 다시 완전히 동일한 공기를 느낄 수는 없다. 이는 공연예술의 가장 큰 매력이기도 한 동시에 매우 야속한 성질이다. 무대의 그 무정함과 매번 달라지는 감각들을 아름답다고 생각하지만, 그것도 달라질 기회가 주어졌을 때의 얘기다. 내가 죽도록 사랑한 어떤 작품들은 단 한 시즌 존재했고, 더는 한국에서 재공연되지 못했다. 상업 작품이 재공연이 되지 않는 데는 여러 가지 속사정이 있겠으나, 공교롭게도 그들은 높은 완성도에 비해 관객이 들지 않았다는 공통점을 가지고 있다. 아⋯⋯ 그 작품들은 왜 그렇게 안 팔렸을까⋯⋯.

　대학교 1학년을 마친 겨울, 나는 생애 일곱 번째 짝사랑을 시작했다. 오타쿠로서 말고 사람 대 사람만 쳐서 일곱 번째. 학교 앞 GS25에서 아르바이트를 하던 귀여운 얼굴의 청년은 편의점에 손님이 들어오면 힘차게 인사를 건넸고, 일이 힘들 법도 한데 언제나 웃는 얼굴이어서 보는 사람(나)까지 기분이 좋았다. 당시 나는 그 편의점에서 데자와를 매일 한 캔씩 사 마셨는데, 그 청년을 마주칠 때마다 참 밝은 사람이구나 생각하다 보니 자연스레 호감이 갔다. 본격적으로 마음이 커진 것은 그가 나에게 "항상 이것만 사 가시네요, 맛있어요?"라고 말을 걸면서였다. 그도 내 존재를 인지하고 있다는 사실에 가슴이 뛰었다. 나는 편의점에 갈 때면 그를 마주할 것을 생각하며 30초 동안 옷차림을 신경 쓰고 입술에 틴트를 바르게 되었다.(으악, 부끄러워!) 점점 커지는 마음을 체감하던 어느 날, 나는 결국 데자와를 계산하며 내 연락처가 담긴 쪽지를 건넸다. 그리고 그와 데이트를 한 번 하게 된다. ……두 번이었나? 너무 옛날이라 기억이 잘…….

　서두가 길었지만 중요한 얘기는 지금부터다. 그 데이트에서 본 영화가 이와이 슌지의 〈러브레터〉다. 1999년 영화인데 나는 10여 년 후에 혜화 CGV에서의 재개봉으로 처음 보게 되었다. 원작을 보기 전부터 코미디 프로그램 등에서 그 유명한 "오겡끼데스까(잘 지내고 있나요?)" 장면을 패러디한 것을 하도 많이 봐서 약간 긴장하고 있었다. 로맨틱한 기류를 위해 이 영화를 골랐는데, 주인공이 "오겡끼데스까"를 할 때 웃음이 터져 버리면 곤란하니까 말이다.

　〈러브레터〉는 주인공 후지이 이츠키에게 와타나

베 히로코로부터 편지가 도착하며 시작한다. 히로코는 이츠키의 동명이인에게 편지를 보냈던 것이고, 이츠키는 자신과 이름이 같았던 중학교 동창 남자아이를 떠올리며 히로코와의 묘한 펜팔을 이어간다.

영화가 시작하자마자 나는 옆에 데이트 상대가 있다는 사실조차 잊은 채로 이야기에 몰입했고, 두 명의 후지이 이츠키가 주고받는 눈빛엔 심장이 간질간질해졌다. 더구나 히로코가 다시는 만날 수 없는 연인 이츠키에게 "오겡끼데스까"를 외치는 장면에선 화장이 지워지건 말건 눈물을 줄줄 흘리고 말았다. 명장면은 패러디에 바래지 않기 때문에 명장면이었던 것이다.(엔딩 크레딧이 올라갈 때 나는 후지이 이츠키와 와타나베 히로코를 같은 배우가 연기했다는 사실에 깜짝 놀랐다. 매우 닮았다고는 생각했는데. 원래도 사람 얼굴을 잘 기억하지 못하는 편이긴 하지만 두 시간 동안 1인 2역을 알아보지 못하다니…….)

옆에 앉은 사람보다 가상의 러브스토리에 더 몰입한 탓이었을까. 편의점 청년과는 그 후로 연락을 이어 가지는 않았고 나는 더 이상 학교 앞 편의점을 갈 수 없었지만, 그날의 데이트 덕에 나에겐 좋아하는 영화가 한 편 더 생겼다. 나를 비롯한 한국인들이 어찌나 이 영화를 좋아하는지, 〈러브레터〉는 잊을 만하면 재개봉을 했고 나도 몇 번 더 극장에 가서 영화를 봤다.

2014년 겨울, 서울 동숭동 동숭아트센터에서 뮤지컬 〈러브레터〉가 개막했다. 영화를 원작으로 만든 창작 뮤지컬 초연이었다.(원작이 외국 작품이더라도 국내에서 개발한 작품은 창작 공연, 외국에서 개발된 작품을 수입해 오는 것은 라이선스 공연이라고 한다.) 솔직히 뮤지컬에 대한 큰 기대는 없었다. 영화의 유명세에 기댄 그저 그런 작품일 수도 있겠다는 생각이 들었다. 그래도 궁금함을 참지 못하고 첫공을 보러 갔다. 편의점 청년 생각도 조금 하면서.

뮤지컬은 "오겡끼데스까"를 정면 돌파하기로 한 듯, 이야기의 문을 여는 곡을 "잘 지내고 있나요."라는 가사로 시작했다. 남자 주인공 이츠키의 추모식을 배경으로 피아노 전주와 바이올린 선율에 맞춰 울려 퍼지는 합창을 듣자 내 마음은 사르르 녹았고, '이 뮤지컬을 좋아하게 되겠구나.' 하는 직감이 왔다.

여자 주인공 이츠키와 히로코 역은 영화에서처럼 한 명의 배우가 2역을 했다. 부드러운 목소리와 유머러스한 연기의 김지현 배우, 그리고 깨질 듯이 연약하다가도 폭발적인 노래를 부르던 곽선영 배우는 각각의 매력이 너무 달랐다. 두 배우 모두 재관람해야 했다! 중학생 소녀 이츠키 역의 안소연, 유주혜 배우는 그때 이미 20대 후반이었는데 놀랍게도 중학생으로밖에는 보이지 않았다. 특히 유주혜 배우는 이후에도 〈키다리 아저씨〉, 〈펀 홈〉, 〈식스〉 등의 뮤지컬에서 활약하며 내게 '믿보배(믿고 보는 배우)'가 되었다.

영화의 내용과 분위기를 충실하게 따라가면서도 뮤지컬이라는 형식의 매력을 잊지 않은 〈러브레터〉는 그 전으로도 후로도 보기 드물게 우수한 창작 초연 작품이었다. 귀에 꽂히는 멜로디의 넘버들, 작품에 애정을 가지고 있다는 게 티가 나는 배우들의 열연……. 소년 이츠키가 '후지이 이츠키'라는 이름이 쓰인 도서 카드를 잔뜩 들고 "후지이 이츠키 스트레이트 플러쉬" 하고 말하는 장면에서 흐르는 음악은 언제 들어도 소름이 돋았다.

이 작품의 팬이 그렇게 많지 않다는 사실을 깨달았을 때는 마지막 티켓 오픈이었다. 잔뜩 긴장하고 들어간 인터파크에서 친구들 도움을 받지 않고 스스로 마지막 공연 1열 중앙 객석을 아주 쉽게 잡은 것이다. 나는 굉장히 비루한 티케팅 실력을 가지고 있기 때문에 이런 일은 쉬이 일어나지 않는다.

15년 관객 인생을 통틀어 세 번 정도? 좋은 자리를 잡은 것은 기뻤지만 차라리 티케팅이 치열해서 '이미 선택된 좌석입니다.'라고 쓰인 팝업을 봤어도 나쁘지 않았겠다고 생각했다. 발렌타인 다음 날, 2월 15일 일요일에 나는 동숭홀 1열 정중앙에 앉아 눈물을 흘리며 〈러브레터〉를 보냈다. 그때까지만 해도 10년 넘게 이 작품을 다시 보지 못할 거라곤 상상하지 못했다.

워낙 좋아한 작품이다 보니 좋은 이야기만 해 주고 싶지만서도, 〈러브레터〉가 완벽한 작품이냐 하면 그렇지는 않다. 지금에 와서 생각하면 〈러브레터〉의 남주인공 소년 이츠키나 아키바가 여주인공인 소녀 이츠키와 히로코에게 하는 행동들은 설렌다기보단 무례하고, 때론 폭력적으로 느껴지기도 한다. 너무 오랜 기간 사회적 남성성을 잘못 표출하는 작품들에 익숙해져 온 나는 처음에는 그 사실을 인지조차 하기 어려웠고 그 후에도 내가 좋아하는 작품에 그런 단점이 있다는 것을 인정하는 데까지 꽤 오랜 시간이 걸렸다.

하지만 여기서 살펴볼 수 있는 무대예술의 좋은 점이 또 하나 있다. 바로 사회와 관객이 변하는 흐름에 따라 작품을 다듬어서 다시 올릴 수 있다는 것이다. 나는 과거에 만들어진 작품들이 가진 바르지 않은 결을 한 톨도 남김없이 삭제해 버려야 한다는 주의는 아니지만, 만약 〈러브레터〉가 무대 위로 돌아온다면 지금의 관객들이 무엇을 원하는지를 창작진들이 함께 고민해 볼 수 있지 않을까 하는 희망을 가지고 있다. 물론, 돌아온다면 말이지만…….

뮤지컬 〈러브레터〉 초연 이후 10년이 지난 지금은 여자 주인공이 극을 이끌어 가는 작품이 비교할 수 없이 많아졌다.(그리고 더 많아져야 한다!) 그럼에도 여자 주인공이 메인 롤인 창작 뮤지컬 얘기를 하면 나는 러브레터를 떠올리지 않을 수 없다. 내가 사랑하는 배우들이 눈 깜짝할 사이에 이츠키와 히로코를 오가며 추억에 잠기고 애절한 노래를 부르던 모습, 양 갈래로 머리를 땋아 내리고 자기 마음을 자신도 모르는 사춘기 소녀를 열연하던 모습들이 아직도 눈앞에 선하기 때문이다.

가끔 객석에 쥐가 출몰하기도 하던 동숭아트센터는 서울시에 매각되어 2018년 초까지만 그 이름을 유지하다 대대적인 리모델링을 거친 후 대학로극장 쿼드라는 세련된 공연장으로 탈바꿈했다. 쿼드에도 종종 방문해 공연을 관람하는데, 쿼드도 쿼드만의 매력이 있지만 동숭아트센터 시절의 분위기는 조금도 찾아볼 수 없다.

어쩐지 그리운 느낌이 드는 동숭아트센터의 나선형 계단을 좋아했다. 동그라미를 그리며 걸어 내려가다 보면 도착하는 지하 2층 동숭홀에서 〈러브레터〉의 나뭇결 무대를 보는 게 좋았다. 사라진 극장과 돌아오지 않는 뮤지컬을 떠올리면 마음 한구석이 아려 오면서도 즐거운 기억이기 때문에 미소가 지어지기도 한다.

그래도 보고 싶은 마음을 주체할 수 없을 때는…… 유튜브에 '뮤지컬 러브레터'라고 검색한다. 그러면 실제 공연을 보는 것과는 천지 차이지만, 프레스 콜 영상을 보거나 실황 음원을 들으며 조금이나마 마음을 달랠 수 있다. 손편지와 종이로 된 도서 대출 카드가 등장하는 〈러브레터〉 같은 작품을 추억하기에는 너무 디지털 친화적인 방식이라는 걸 인정한다! 하지만 인간의 보잘것없는 기억력 앞에 영상 기록물의 존재가 얼마나 소중하냐는 말이다. 유튜브 덕에 나는 OST 음반도 없는 〈러브레터〉의 모든 곡을 여태껏 기억하고, 내가 원할 때 그것들을 따라 부를 수도 있는 것이다.

"잘 지내고 있나요? 나는 잘 지내고 있어요."

시카고 타지마할
샌드위치

공연을 많이 보다 보면 신뢰하는 제작자가 생기기도 한다. 나는 공연 기획사 '달 컴퍼니'의 작품들을 좋아하는 편이다. 2017년에 달 컴퍼니가 제작한 데이비드 아이브스의 〈비너스 인 퍼〉를 보고 홀딱 반했는데, 연달아 신작을 올린다기에 〈비너스 인 퍼〉에 대한 의리로 한 번은 보겠다고 마음을 먹은 작품이 바로 라지프 조셉의 〈타지마할의 근위병〉이다. 결과적으로 나는 이 작품을 한국에서만 서른 번 보게 된다.

〈타지마할의 근위병〉은 17세기 인도, 전설적인 건축물 타지마할이 완성되어 모습을 드러내기 전날 밤 그 앞을 지키고 서 있는 근위병 휴마윤과 바불의 대화로 시작하는 2인극이다. 두 사람은 아름다움을 독점하려는 황제의 지시로 타지마할을 건축한 일꾼 2만 명의 손을 자르게 되고, 잔인한 명령을 수행하면서 돌이킬 수 없는 변화를 맞이한다. 온몸에 피를 뒤집어쓰고 권력에 대해, 또 아름다움에 대해 논쟁하며 서로를 상처입히기도 위로하기도 하는 두 친구의 이야기에 나는 완전히 매료돼 버렸다.

내가 특히 좋아한 캐스트는 최재림 배우의 휴마윤과 이상이 배우의 바불이었다. 배우 간 여섯 살의 나이 차가 무색하도록 절친 같은 모습을 보여 준 두 사람은 섬세하고 담백하게 인물들을 표현하며 무대를 채워 나갔다. 두 달 반 동안 공연을 하며 인물과 동화되듯 깊어지는 연기를 보는 건 또 얼마나 즐겁던지!

대명문화공장 2관 객석은 한 줄당 11개 내지 12개의 좌석이 있었는데, 티켓을 현장에서 구매할 때마다 2열 중앙 부근을 받을 수 있었다. 연극 마니아들은 주로 앞 열부터 예매하기 때문에 공연 회차마다 유료 예매한 관객의 수를 열 명 남짓으로 추측할 수 있었다는 뜻이다. 이 같은 티켓 판매량은 내 마음을 찢어 놓았다. 이렇게 좋은 연극을 왜들 안 보는 건지 이해할 수가 없었다.

당시 나를 만난 친구들은 하나같이 〈타지마할의 근위병〉을 강매당했다. 일단 밥 먹자는 약속을 잡은 뒤에 "그런데 연극 하나 보지 않을래?" 하면서 극장으로 끌고 가는 일도 서슴지 않았다. 다행히 내 착한 친구들은 얘가 미쳤구나, 하면서도 순순히 따라와서 공연을 재밌게 봐 주었다. 나는 SNS로도 〈타지마할의 근위병〉을 홍보했다. 연극 마니아들에게 제발 한 번만 보러 와 달라고 읍소하는 만화를 그려 X(구 트위터)에 올리고, 직접 그린 팬아트로 엽서며 스티커를 만들어서 극장에 비치해 두었다. 내 홍보가 〈타지마할의 근위병〉 매출에 별 도움이 되지는 않았겠지만 나는 "사랑하는 작품을 위해 할 만큼 했다!" 하며 스스로 마음을 위로했다.

　마지막까지 흥행과는 거리가 멀었던 한국 초연을 눈물로 보내고(그렇다, 나는 눈물이 많다.) 일 년 뒤 2018년, 〈타지마할의 근위병〉이 재공연을 한다는 소식을 들었다. 다만 국내가 아니라 미국 시카고에서. 희곡이 쓰인 후 오프 브로드웨이에서 맨 처음 공연되었던 버전이라고 했다. 고민조차 하지 않고 예매 창에 들어가 첫 공연부터 연달아 세 회차의 티켓을 예매했다.

　〈히스토리 보이즈〉 성지순례를 다녀온 다음 달, 나는 쉴 틈 없이 또 비행기를 탔고 시카고에서 사흘을 머무르며 〈타지마할의 근위병〉을 관람했다. 한국에서 올렸던 〈타지마할의 근위병〉이 바로 이 프로덕션의 레플리카(외국 작품을 배우만 국내에서 캐스팅하고 노래, 안무, 의상, 무대 등을 똑같이 공연하는 것)여서,

무대와 의상부터 연출까지 내가 사랑한 〈타지마할의 근위병〉과 거의 흡사한 공연을 볼 수 있었다는 점이 가장 좋았다.

첫 공연 날, 두근거리는 마음으로 객석에 앉아 있는 나에게 극장 스태프가 다가왔다. 다른 관객 일행이 나를 중간에 두고 따로따로 티켓을 잡았는데 그들이 연석으로 앉을 수 있도록 자리를 바꿔 주지 않겠냐고 물어보기에 흔쾌히 그러겠다고 했더니, 내가 베푼 친절에 비해 과분하게 고마워하며 주머니에서 무언가를 꺼내 주는 것이다. 내가 받은 것은 공짜 음료 쿠폰이었다.

대부분의 외국 공연장에서는 음료를 사 마실 수 있는데, 시카고의 스테픈울프 극장에서는 〈타지마할의 근위병〉 테마 칵테일을 판매했다. 5달러짜리 칵테일 이름은 연극 대사를 따온 "가벼운 불경죄". 전날 그것을 유심히 봐 둔 나는 이튿날 극장을 찾아 당당하게 쿠폰을 내밀었다.

"가벼운 불경죄 주세요."

"가벼운 걸로 드릴까요, 무거운 걸로 드릴까요?"

"어…… 가벼운 걸로 주세요……."

판매원의 농담을 알아듣는 데 1초 정도 걸렸지만 무사히 잔을 받아 들고 라임, 고수, 살구와 큐민 향이 나는 차가운 칵테일을 홀짝이며 우리나라 극장에는 없는 문화를 즐겼다. 나는 술을 좋아하지 않았음에도 〈타지마할의 근위병〉 한정 칵테일이라는 이유 때문인지, 아니면 공짜 쿠폰으로 마셨기 때문인지 달콤하게만 느껴졌다.

이때 나의 지갑 사정은 썩 넉넉하지 못했기 때문에 숙소는 유스호스텔의 8인 도미토리 방을 잡아놓고 오직 잘 곳이 있다는 것에만 만족했으며, 호스텔에서 제공하는 아침 식사용 시리얼과 토스트를 최대한 많이 먹어 배를 채웠고 멀끔한 식당 같은 곳에는 들어갈 엄두도 내지 못했다. 교통비도 아까워 공연이 끝나면 버스를 타지 않고 호스텔에 도착할 때까지 시카고의 밤거리를 걸었다.

그러다 어느 날 밤, 누군가 길을 가는 나를 붙들었다. 깜짝 놀라 고개를 돌리니 40대쯤 되어 보이는 키가 큰 금발 여성이 자기를 도와줄 수 있냐고 묻는 것이다. 분위기로 보아 홈리스인 것 같았다.

"돈을 달라는 게 아니에요, 배가 고파서 그래요."

지갑에는 10달러짜리 한 장이 들어 있었는데, 5달러짜리 샌드위치 하나만 사 달라는 부탁을 도저히 거절할 수가 없었다. 알겠다는 나를 데리고 그분은 근처의 그리스 식당으로 들어가 테이크아웃 주문을 하기 시작했다. 그런데…… 처음에 말한 샌드위치 말고도 이것저것을 더 주문하는 것 같더라니, 계산대 기계에 찍힌 금액이 12달러를 넘어 버리는 것이 아닌가!

"저, 이렇게 많이 낼 순 없어요. 지금 10달러밖에 없어요."

당황한 내가 더듬거리며 말하자 그는 나를 빤히 쳐다보다가 하는 수 없다는 듯 한숨을 쉬며 점원에게 무엇을 빼 달라고 했다. 샌드위치를 받아 들며 나는 안중에도 없는 것이, 그다지 고마운 눈치도 아니었다. 그렇게 나는 모르는 사람을 위해 9달러어치의 저녁 식사비를 지불하고 말았다. 어려운 사람에게 도움을 주었다기보다는 '삥'을 뜯긴 기분이었다. 나도 아직 5달러가 넘는 식사를 못 해 봤는데, 하는 생각이 자꾸만 들어 넋이 나간 채로 숙소로 돌아왔다.

하지만 나는 그다음 날도 연극을 봤다. 티켓값은 수수료를 포함해 자그마치 67달러였다. 게다가 미국을 오가는 비행깃값은 100만 원에 달했다. 같은 연극을 세 번을 봤으니 당시 환율로 120만 원가량을 먹고 사는 것과 아무 관련 없는 문화생활에 쓴 것이다. 이 돈이면 그리스 식당에서 사이드 메뉴를 추가한 샌드위치를 100번이나 살 수 있었다. 물론 내게 공연을 보는 것은 밥을 먹는 것만큼이나 인생을 살아가는 데 필요한 일이다. 그러나 적어도 내게는 밥을 먹을지, 공연을 볼지에 대한 선택지가 있었다. 생판 모르는 내게 다가와 밥을 한 끼 사 달라고 한 사람은 그렇지 못했고 말이다.

〈타지마할의 근위병〉에는 세상의 중심에서 밀려나는 사람들 이야기가 나온다. 힘을 가진 사람들은 사회의 가장자리에 있는 사람들을 착취하고, 갈아 치운다. 권력에 저항하지 못하고 형제의 손을 자른 군인은 평생 후회와 외로움 속에 고립된다. 공연을 보며 전날 밤을 돌이켜 봤다. 나는 말하자면 또 한 번의 공짜 음료 쿠폰을 바랐던 것이다. 내가 한 착한 행동에 원하는 만큼의 칭찬이 주어지지 않아 찜찜함을 느낀 스스로가 창피했다. 서른 번을 넘게 보며 한 번도 돈을 아까워한 적 없는, 샌드위치보다 일곱 배 비싼 연극이 내게 진짜로 말하는 바가 무엇인지 생각해 보았고 다시는 만나지 못할 시카고의 노숙인 여성은 내 머릿속에 영원히 자리 잡게 되었다.

미국에서 돌아온 지 다섯 달 후, 나는 11월에도 덥고 습한 싱가포르로 가서 싱가포르 레퍼토리 씨어터의 〈타지마할의 근위병〉을 두 번 봤고 그 후로 더는 이 연극을 보지 못했다. 영어로 된 대본집을 닳도록 읽었을 뿐이다. 이 연극의 1장 마지막 부분에는 내가 아주 좋아하는 대사가 있다.

"우리는 그렇게 다 작은 존재들이야. 그리고 더 멀리 가면 우린 더 작아져. 그리고 그것보다 더 멀리 가면…… 아예 존재조차 없어질 거야. 우리가 누군지, 그리고 바로 이곳 타지마할, 그리고 샤 자한 혹은 힌두 왕국. 모두 그 자취조차 찾을 수 없는 존재가 돼. 아주 먼 그곳엔, 또 다른 세계가 있을 거야. 다른 왕, 다른 근위대, 신까지도 다른."

나는 이 연극을 너무나 사랑해서 언젠가 진짜 타지마할을 보러도 갈 거고, 공연이 올라오면 그게 어디든 또 보러 갈 것이다. 밥값을 아끼고 허리띠를 졸라매더라도 말이다. 그러다가 모르는 사람이 내게 다가와 샌드위치를 하나 사 달라고 한다면 기꺼이 그와 같이 식당에 가야겠다고, 부디 작은 존재인 내게 그럴 기회가 주어지면 좋겠다고 생각한다.

사랑하고
슬퍼하고
또 사랑하고

미국의 만화가 앨리슨 벡델의 그래픽 노블을 원작으로 한 뮤지컬 〈펀 홈〉은 내가 오랜 기간 한국 공연을 바라고 기다려 왔던 작품이다. 2017년에 출판사 움직씨에서 크라우드 펀딩으로 《펀 홈》을 출간했을 때 원작을 처음 접했고, 이 놀라울 정도로 솔직한 만화가 뮤지컬 버전이 있다는 얘기를 들은 날부터 공연을 볼 날을 기대해 왔다.

하지만 2018년 영국 여행을 갔을 때 나는 한 달 차이로 영 빅 극장에서 올라오는 〈펀 홈〉 공연을 놓쳐 버려 땅을 치고 아쉬워했다. 같은 해 여름, 앞서 얘기한 〈타지마할의 근위병〉을 보려고 시카고에 갔다가 당시 친언니가 살던 뉴저지에도 들렀는데, 마

침 뉴저지 몽클레어에서 〈펀 홈〉 아마추어 공연을
한다는 소식을 듣게 되었다. 나는 미국 땅이 얼마나
넓은 줄도 모르고 '같은 뉴저지니까' 하며 냅다 예
매했다. 다행히 극장은 언니의 집인 포트리에서 차
로 30분 거리에 있었지만 나는 티켓값보다 훨씬 비
싼 우버 비용을 내야 했다.

〈펀 홈〉은 작가 앨리슨 벡델의 회고록이다. '펀
홈'이란 제목만 보면 '재미있는 집'이라는 뜻이 떠
오르지만, 사실은 장례식장(Funeral Home)이었던 벡
델 가의 가업에 앨리슨과 그의 형제들이 약자로 붙
인 별명이다. 장례 지도사이며 문학 교사인 아버지
가 꾸려 온 박물관 같은 집에서 자란 앨리슨은 어릴
때부터 짧은 머리와 중성적인 옷차림을 동경했고
커서는 레즈비언으로 정체화한다. 대학생 때 부모
님에게 커밍아웃한 뒤 앨리슨은 아버지 브루스 또
한 동성애자라는 사실을 알게 되고 혼란해한다. 어

느 날 브루스가 길에서 달리는 트럭 앞으로 뛰어들고, 마흔이 된 앨리슨은 아버지의 수수께끼 같은 인생과 죽음을 되짚어 보게 된다.

　책도 무척 좋아했지만, 뮤지컬이라는 형식으로 이 이야기를 볼 수 있다는 것은 놀라운 경험이었다. 우선 나는 생애 처음 만화가가 주인공인 뮤지컬을 본 것이다! 뮤지컬은 자고로 화려하게 춤을 추고 노래를 불러야 하는 장르가 아닌가? 만화가는 보통 하루 종일 책상 앞에 앉아서 구부정한 자세로 그림을 그리는 매우 정적인 직업으로, 무대예술과의 거리는 그냥 먼 정도가 아니다. 그럼에도 만화가라는 직업을 가진 인물을 뮤지컬 작품의 주인공으로 만들어 주었다는 것 자체가 새롭고, 감동이었다.

　게다가 이 뮤지컬의 주인공인 앨리슨 벡델 역할은 세 명이나 되는 여자 배우가 각각 9세, 19세, 43세를 연기한다. 무대 위에 등장하는 사람이 총 아홉 명인데 그중 다섯 명이 여자 배우로 이루어져 있었다. 지금까지도 그렇지만 2018년 당시 무대예술 시장은 성비 불균형이 심각한 수준이어서, 등장인물 중 여성이 과반인 작품은 너무나 오랜만이었다.

매우 건조한 톤의 만화와는 달리 뮤지컬은 꽤나 감상적이고, 색다른 매력이 있었다. 아홉 살 앨리슨이 처음으로 어른 '부치' 레즈비언을 발견한 순간의 'Ring of Keys'를 들으면서는 마음이 벅차올랐고, 앨리슨의 어머니 헬렌의 절절한 솔로곡 'Days and Days'는 눈물을 자아냈다. 대학생 앨리슨이 첫 여자 친구 조앤과 하룻밤을 보낸 뒤에 부르는 'Changing My Major'는 또 어찌나 귀엽고 사랑스러운지!

스튜디오 플레이하우스라는 작은 지역 극장에서 아마추어 〈펀 홈〉을 본 뒤로 나는 한국어로 이 공연을 볼 날을 꿈꿨다. 비록 우리나라에서 흥행할 만한

요소는 찾아보기 어려운 작품이었지만 그냥 내가 보고 싶다는 욕심으로 누군가 판권을 사서 공연을 올려 줬으면 하고 바랐다. 그리고 기적같이 그 누군가가 나타났다.

2020년 코로나바이러스가 전 세계를 강타했을 때 대부분의 업계가 그랬지만, 배우와 관객이 한 공간에 밀집하며 성립되는 공연계는 특히 큰 타격을 받았다. 다른 공공장소와 마찬가지로 관객이 극장에 들어가려면 문진표를 작성하고 열을 재야 했고, 좌석 한 칸씩 띄어 앉기 등의 정책으로 공연이 매진되어도 제작사의 수입은 반토막이 났으며 배우나 스태프가 코로나바이러스에 감염되어 캐스팅이 변경되거나 공연이 취소되는 일도 허다했다. 바로 그 시기에 한국에서 뮤지컬 〈펀 홈〉은 개막하고야 말았다. 이 모험을 감행한 제작사가 어디인가 하면……바로 〈타지마할의 근위병〉을 제작한 달 컴퍼니인 것이다.

당시 나는 항암 치료 중인 언니와 함께 살고 있었다. 코로나 시기에 암 환자와 함께 산다는 것은 꽤나 피곤한 일이었다. 면역력이 떨어져서 열이 나는 일이 잦은데, 발열 환자는 코로나 감염 의심을 이유로 응급실에서도 안 받아 주어서 집에서 얼음 팩을 얼려다 수시로 교체해 줘야 했고, 약 부작용으로 손발이 허는 시기에는 침대에 누워 꼼짝도 하지 않는 언니가 갖다달라는 것을 죄다 대령해야 했다. 백신을 맞는 것도 권장되지 않았다. 급하게 개발된 백신이 암세포에 어떤 영향을 줄지 아무도 장담할 수 없었기 때문이다.

나는 나대로 혹시 코로나에 감염됐다가 언니에게 전염시킬까 봐 노심초사했다. 집 앞에 쓰레기를 버리러 나갈 때도 마스크와 손 소독제를 잊지 않았고, 공연 관람 횟수는 평소의 절반 이하로 줄였다. 그러나 우리 집 암 환자는 밖을 돌아다니는 것을 무척 좋아하는 발랄한 외향형 인간이어서, 조금만 컨디

션이 좋으면 가발을 눌러쓰고 친구들을 만나러 나갔다. 내가 외출을 자제하고 조심 좀 하라고 아무리 얘기해도 쇠귀에 경 읽기였다. 나라도 바깥출입을 최소화하며 위험 요인을 제거해야 했으나…… 나도 〈펀 홈〉 한국 공연은 포기할 수 없었다. 첫 공연을 예매하며 언니에게 잔소리할 명분도 사라졌다.

동국대학교 캠퍼스 내에 있는 이해랑 예술극장에서 올라온 〈펀 홈〉은 무대를 중심으로 양면 객석이 펼쳐져 있었다. 무대 위 고풍스러운 무늬 종이가 발라진 벽에는 수많은 액자가 걸려 있었고 피아노 한 대를 포함해 앤티크 가구들이 즐비했다. 보자마자 감탄이 나오는 아름다운 광경이었다. 안쪽에 있는 객석으로 입장하려면 손상을 방지하기 위해 바닥에 깔아 놓은 카펫을 밟고 무대를 가로질러야 했는데, 나도 몇 번은 일부러 안쪽 객석을 예매했다. '박물관 같다.'고 묘사된 벡델의 집을 그대로 구현한 무대 위를 걷는 것은 아주 특별한 경험이었다.

이 공연을 한국어로 보는 것은 예상대로, 아니 예상을 뛰어넘을 정도로 좋았다. 모든 캐스트가 완벽해서 어느 날, 어떤 배우를 선택해도 만족스러운 공연을 볼 수 있었다. 방진의, 최유하 배우의 43세 앨리슨은 실제 앨리슨 벡델이 한국인이었다면 이랬겠다 싶을 정도로 재현율이 높았고, 19세 앨리슨을 맡은 유주혜, 이지수 배우는 헐렁한 PK셔츠에 청바지를 입고 여태까지 이 배우들에게서 보지 못한 편안한 연기를 보여 주었다. 무엇보다도 유시현, 설가은 배우의 9세 앨리슨이 압권이었는데, 10대 초반의 나이라고는 믿어지지 않는 연기력에 그들이 등장할 때마다 감동의 눈물이 차올랐다.

〈펀 홈〉은 내가 본 뮤지컬 중 가장 진실한 이야기를 담고 있었다. 언제나 사랑이 넘치고, 갈등이 있어도 금방 해소되는 이야기 속 화목한 가족들과는 달리 벡델 가족은 서로에게 상처 주고 결코 용서하거나 이해할 수 없는 부분들을 가지고 있었다. 현실의 가족들이 그렇듯 말이다. 하지만 앨리슨은 자신의 삶이 그곳에서 출발했다는 사실을 부정하지 않고, 아픔과 의문들을 끌어안은 채 누구에게도 강요받지 않은 자신만의 욕망과 길을 찾아 나아간다. 이 용감한 레즈비언 만화가의 노래는 내게 무엇보다 큰 위로와 응원이 되었다.

그러나 불운하게도 그해 여름은 유독 비가 많이 왔다. 동대입구역에 내리면 튼튼한 장우산을 펴고 폭우 속에 오르막을 올라 극장에 도착했다. 신발과 바짓단이 다 젖은 채로 들어간 극장 로비는 습했고 독한 모기가 기승을 부렸다. 게다가 코로나바이러스 유행도 영 잡힐 기미를 보이지 않으니 첫 공연 이후로는 개막 후 한 달이 지나도록 객석 곳곳이 눈에 띌 정도로 비어 있었다.

결국 2020년 10월 11일까지 공연이 예정되어 있

던 〈펀 홈〉 한국 초연이 8월 30일 자로 조기 종연한다는 공지가 올라왔다. 세상이 무너지는 것같이 슬펐다. 하필 그달 내내 언니의 상태가 좋지 않았다. 첫 공연과 마찬가지로 마지막 공연만큼은 포기할 수 없었지만 예매해 놓고 가지 못한 티켓들이 몇 장 있었고, 그것들을 나는 SNS를 통해 모르는 사람들에게 무료로 나눔했다.

그렇게 사랑한 공연을 한 달 반 동안 총 여섯 번밖에 보지 못했다는 사실이 얼마나 억울했는지 모른다. 누구의 잘못도 아닌데 괜히 아픈 언니가 원망스러웠다. 사람들과의 접촉을 줄이기 위해 대중교통 대신 택시를 타고 마지막 공연을 보러 간 날, 로비에서 만난 친구가 내게 상자를 하나 건넸다. 예상치 못한 선물을 받고 눈물이 터졌다. 상자 안에는 〈펀 홈〉을 아홉 번 보면 받을 수 있는 기념품 머그잔이 들어 있었다. 내가 꼭 갖고 싶던 것이었다.

지금 와서 돌이켜 보니 언니와 함께한 마지막 두

해는 힘들었지만 소중한 시간이었다. 내가 중학생 때 이후로 같은 집에서 산 적이 없는 우리는 그 어느 때보다 많은 이야기를 나눴고 한 사람 생의 끝자락에서 서로에 대해 더 잘 알게 되었다. 그러나 물론 끝까지 이해할 수 없는 것들도 있었다. 당연하다. 가족이라지만 우리는 각자 개별적인 인간이니까. 〈편 홈〉 종연 2년 후 여름, 언니는 세상을 떠났다. 나는 무대 위 장례식장이 아닌 진짜 장례식장에 가게 되었다. 사흘 밤낮으로 치른 장례식은 재밌지는 않았지만 이상하게도 가끔 웃기기는 했다. 슬퍼서 목 놓아 울기도 하고 고인에 대해 얘기하다 웃기도 하며, 장례식이란 죽은 자를 기리는 것보다도 살아 있는 사람들 마음을 달래기 위한 예식이라는 생각이 들었다. 나는 다시금 내가 사랑해 마지않았던, 모순이 넘쳐흐르는 뮤지컬을 떠올렸다.

〈러브레터〉 〈타지마할의 근위병〉 〈편 홈〉에는 모

두 떠난 사람과 그리워하는 사람이 있다. 우습게 들릴 수 있지만, 나는 이 공연들을 떠나보낼 때도 마치 오래 만난 연인과 헤어지는 것 같은 슬픔을 느꼈다. 이야기와의 작별마다 구렁텅이 같은 괴로움 속으로 들어가게 되는 것은 내가 아직 성숙하지 못한 탓일까? 깊이 사랑하는 마음은 결국 슬픔으로 향하는 것일까? 만일 그렇다면 나는 평생 어린 마음을 간직한 채 그리운 것들을 그리워해야겠다. 늘 시큰거리는 마음으로 다시 만날 수 없는 것들을 다시 만나기를 바라야겠다.

"우리랑 함께 있을 때 즐거웠지?"

스크립스에게

안녕, 내가 가장 오래 사랑해 온 가상의 인물. 2013년 3월에 우리가 처음 만났을 때부터 너는 내 마음에 세 들어 살고 있지.

네가 너무 좋아서 나는 안 해 본 게 없을 지경이야. 너를 주인공으로 한 만화를 그리는 것은 물론이고, 온갖 기념품을 만들었을 뿐 아니라 영국으로 여행을 떠나 네 고향인 셰필드에도 방문했어. 물론 네가 다니던 성공회 교회 예배당에도 가 봤지. 왜 하필 이 교회에 왔느냐는 영국인 할머니의 질문에는 그냥 웃고 말았어. 나에게 "그렇지, 너 언덕 위의 교회를 좋아하는구나." 하시더라.

　그 순간 내 생각은 꼬리에 꼬리를 물고 퍼져 나갔어. 그러게, 너는 언덕 위의 교회를 좋아했을까? 가파른 경사를 한 걸음 한 걸음 오르며 마음의 평안을 찾았을까? 성찬례가 끝나고 교회 밖에 나올 때마다 온 마을이 한눈에 들어오는 풍경을 마음에 담았을까? 나는 실존한 적 없는 너의 마음을 헤아리고 곱씹으며 클레어마운트 로드의 언덕을 내려왔어.

　네가 처음 좋아진 이유는 나이답지 않게 어른스러워 보여서였어. 나와 겨우 한 살 차이밖에 나지 않으면서 그렇게 시니컬하고, 그러면서도 자의로 교회를 다니고, 다만 다른 사람들에게 권하기는 싫어하고, 친구들을 위해 피아노 반주를 해 주는 네 모습이 얼마나 멋져 보였는지 아니? 자기 연민 없이 "자신을 특별히 좋아해 본 적이 없다."고 담담하게 말하는 너를 보면 괜히 내 마음이 술렁거렸어. 너의 냉정함이 가장 먼저 너 자신을 향해 있다는 걸 깨닫고 나니 네가 더 좋아지더라고.

너의 대사를 어떤 배우가 하느냐에 따라서도 느낌이 달랐지. 어떤 너는 차가웠지만 또 다른 너는 둘레에 따뜻함을 두르고 있었고, 어떤 너는 밝으면서도 무척 쓸쓸해 보였어. 그러면 나는 저마다의 너를 사랑할 이유를 덧붙이고 또 덧붙이며 길디긴 덕질의 역사를 써 나갔고. 내가 혼자 나이를 먹는 동안 너는 10년 동안 무대에서 같은(또는 조금 달라진) 대사를 반복했는데, 너와의 나이 차가 벌어지는 만큼 내게 와닿는 무게는 늘어만 갔어.

너를 사랑하며 알게 된 것 중 첫 번째는 내가 아주 오래 사랑하는 사람이라는 사실이야. 신기하지 않아? 네 삶에서 내가 목격할 수 있었던 건 고작 연극의 러닝타임인 세 시간 남짓뿐인데도 극장 밖에서 나는 12년을 넘게 널 좋아하고 있다니. 8년 차쯤에는 내 친구들도 혀를 내둘렀는데, 이젠 다들 그러려니 한단다.

두 번째는 뭐냐면, 사랑은 나를 변화시킨다는 거. 네가 주변 친구들을 사려 깊게 살피는 모습, 불의에는 즉시 화를 내는 모습을 보며 나도 그런 사람이 되고 싶다고 소망했지. 소심하고 내성적인 내가 하루아침에 바뀌지는 않았지만, 네 덕에 나는 서서히 여행을 좋아하게 되었고, 이야기를 몇 개 완성할 수 있었고, 눈 오는 날 집회를 위해 광장에 나가게 되었어.

너를 만나지 못했다면 지금쯤 어디를 헤매다 어떤 어른이 되어 있었을지 상상도 가지 않아. 어쩌면 지금보다도 더 반성할 것이 많은 사람, 혹은 객석을 떠난 사람이 되었을까. 글을 쓰고 그림을 그리는 일을 계속할 수 있었을까.

어떤 사람들은 허구의 이야기와 인물을 아끼는 데에 이렇게 많은 시간과 정성을 들이는 것을 이해하지 못하더라. 하지만 나는 내가 네 덕에 하루하루를 살아가고, 조금씩 조금씩 나은 사람이 되고 있다고 생각해. 그래서 존재하지 않는 너를 사랑한 세월을 결코 낭비라고 생각하지 않아. 그리고 말야, 낭비 조금 하면 뭐 어때. 너도 동의하지?

나는 앞으로 얼마나 더 오래 너를 좋아하고 있을까? 혹여 너를 마음에서 떠나보낸다 하더라도 이 시간은 분명 평생 기억할 즐거운 추억으로 남을 거야.

내가 마흔이 되고 쉰이 되어도 무대 위에서 영원
히 열여덟일 너에게 이 편지를 남겨. 고마워, 스크
립스. 우리 또 만나.

해나가

 청소년에세이
해 마 0 6

나의
오타쿠
삶

2025년 8월 20일 처음 찍음
2025년 9월 30일 두 번 찍음

글 정해나 Ⅰ **펴낸곳** 도서출판 낮은산 Ⅰ **펴낸이** 정광호
편집 강설애 Ⅰ **디자인** 소요 이경란 Ⅰ **제작** 세걸음

출판 등록 2000년 7월 19일 제10-2015호
주소 10881 경기도 파주시 회동길 216, 202호
전화 02-335-7365(편집), 02-335-7362(영업)
팩스 02-335-7380
홈페이지 www.littlemt.com
이메일 littlemt2001ch@gmail.com
인스타그램 @little_mt2001
제판·인쇄·제본 상지사 P&B

ISBN 979-11-5525-183-6 43810